地図記号　平安関連史跡は紫字

⛩ 神社
🏯 寺
🪧 石碑
バス停
● 史跡
○ 史跡（痕跡なし）
付近

本書地図では、平安時の物件敷地を以下色で現在の地図と重ね合わせて表記してあります。
※敷地名称では「藤原」は「藤」と略記しています。

大内裏・離宮	寺社
邸宅	その他
官衙	現在の敷地

旧水系
旧街道

京都広域図

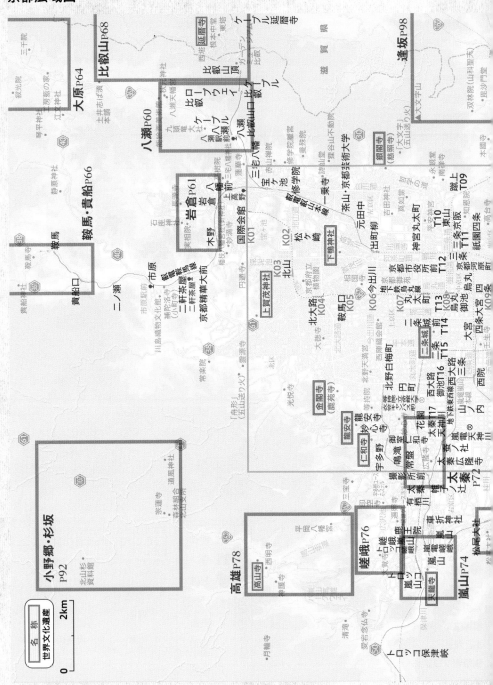

小野郷・杉坂 P92

名称
世界文化遺産

0 2km

三千院
寂光院 土井志ば漬本舗 工房綾の家 江文神社

大原 P64

八瀬 P60

八瀬比叡山口 比叡山ロープウェイ 延暦寺

比叡山 P68

逢坂 P98

滋賀県

岩倉 P61

鞍馬・貴船 P66

高雄 P78

嵯峨 P76

嵐山 P74

大秦 P72

銀閣寺

金閣寺

龍安寺

仁和寺

二条城

天龍寺

松尾大社

K01 K02 K03 K04 K05 K06 K07 K08 K09

T09 T10 T11 T12 T13 T14 T15 T16 T17

上賀茂神社
下鴨神社

2

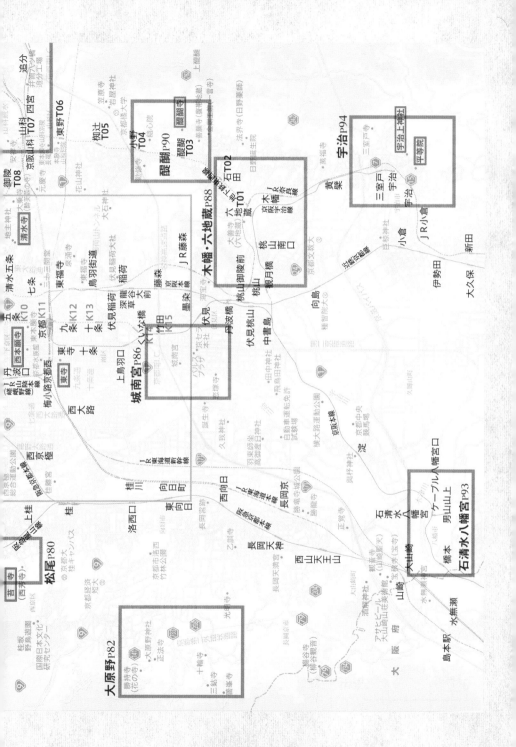

御陵 T08

追分

山科本願寺

四宮 半円六地蔵追分工場

山科 T07 四宮 T07 京阪山科 京都六地蔵 ･ 東野 T06

御陵 T08

安祥寺 安朱

清水寺

小野 T04

醍醐 T03

醍醐寺 P90

柳辻 T05

安祥寺 勧修寺随心院

醍醐（醍醐味噌･地蔵）

宇治 P94

三室戸寺

宇治上神社

平等院

五条 K10

清水五条

七条

五条 K11 丹 波 橋 西本願寺 京都 K11

丹 JR

嵯峨野線

梅小路京都西

東寺 東福寺 三十三間堂

東福寺

鳥羽街道

稲荷

藤森

JR藤森

京阪本線

墨染

深草

石田 T02

六地蔵（六地蔵）

木 幡 JR 奈良線

京阪宇治線

木幡･六地蔵 P88

桃山御陵前

桃山南口

京都文教大

観月橋

黄檗

三室戸

宇治

京阪宇治線

小倉

JR小倉

伊勢田

大久保

新田

九条 K12

十条 K13

伏見稲荷

伏見 K14

竹田 K15

東寺

九条

十条

東寺

西大路

城南宮 P86 くいな橋

城南宮

パブリックプラザ京都ワールド

藤森寺

上鳥羽口

伏見桃山

中書島

桃山

田中神社

横大路運動公園

横大路運動場

淀

京都中央
競馬場

京都競馬場

向島

男山

久我神社

羽束師坐高産皇日神社

自動車運転免許
試験場

JR東海道新幹線

桂川

向日町

向日

向日神社

西向日

阪急京都本線

東向日

JR東海道本線

洛西口

長岡京

勝龍寺

長岡京

石清水八幡宮口

ケーブル八幡宮口

男山山上

石清水八幡宮 P93

乙訓寺

長岡天神

西山天王山

西
山
天
王
山

石
清
水
八
幡

橋本

西国総合運動公園

国際日本文化
研究センター

桂坂

阪急嵐山線

上桂

松尾 P80

吾 寺
(西芳寺)

西京区

阪急嵐山線

桂

京都市洛西
竹林公園

京都
経済大

京都
外大

誕生寺

西山
天王山

大山崎

観音寺(山崎聖天)

宝積寺(宝寺)

大山崎山荘美術館

水無瀬神宮

山崎

大 阪 府

島本駅

水無瀬

大原野 P82

勝持寺
(花の寺)

正法寺

大原野神社

十輪寺

三鈷寺

善峯寺

嵐峯寺（柳谷観音）

3

京都中心部地図

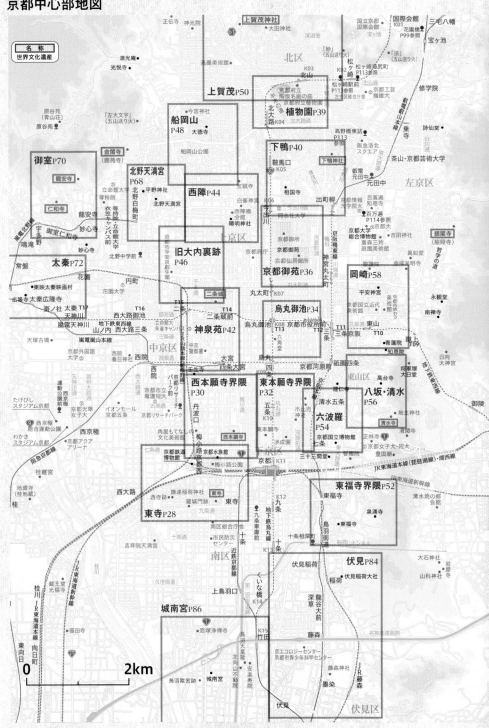

名　称
世界文化遺産

2km
0

近畿地方地図

福井

紫式部公園　武生

福井県

愛知県

城崎温泉

敦賀

近江塩津

豊岡

小浜

竹生島

関ケ原

岐阜羽島

和田山

西舞鶴

近江高島

米原

弥富

綾部

京都府

滋賀県

桑名

福知山

園部

近江八幡

四日市

寺前

谷川

篠山口

亀岡

逢坂
P98

大津

草津

柘植

河原田

亀山

兵庫県

三田

長岡京

京都

石山寺・唐橋
P100

伊賀上野

姫路

加古川

宝塚

高槻

宇治

粟生

新神戸

住吉

西宮

茨木

津

西明石

明石
P106

山陽須磨

三ノ宮

尼崎

新大阪

河内磐船

木津川

松坂

須磨
P104

大阪

京橋

天王寺

難波

久宝寺

奈良

多気

住吉大社
P108

王寺

寺

長谷寺
P102

伊勢奥津

三重県

大阪府

高田

御所

桜井

伊勢市

関西空港

東岸和田

橋本

奈良県

淡路島

鳴門

御坊

和歌山

和歌山県

尾鷲

徳島

南小松島

熊野市

県

阿南

桑野

由岐

新宮

和佐

白浜

串本

紫式部の生涯

『源氏物語』の作者として余りにも有名な紫式部だが、その生涯については不明な部分が多い。生没年はおろか、本名すらはっきりしないのである。ただ、彼女が残した『紫式部日記』と『紫式部集』により、宮仕え時代の彼女の行動や性格をある程度は窺い知ることが出来る。それらをもとに彼女が京都を中心に歩んだであろう人生を、駆け足で追いかけてみたい。

紫式部像（紫式部公園／福井県越前市／地図5頁）

1 生まれた時代 ～摂関政治の全盛期～

■平安時代の折り返し点

　紫式部の誕生年は不詳だが、天禄3年（970）、天延元年（973）、天元元年（978）などの説がある。いずれにしろ、円融天皇の在位中で、400年続く平安時代が、ちょうど折り返し点に差し掛かる頃だ。世の中は藤原氏による摂関政治が全盛期を迎えようとしていた。摂関政治とは、藤原氏が天皇の外戚となり、摂政・関白として、天皇に代わり政治を行うことである。まずは、そこに至るまでの平安時代の流れを見ておこう。

　桓武天皇が、平城京から長岡京を経て、京都へ都（平安京）を移したのは、延暦12年（794）10月22日のことであった（京都三

平安京大内裏の正庁・朝堂院を模してつくられた平安神宮の社殿（地図58頁）

大祭りの一つ「時代祭」はこれを記念して、毎年10月22日に行われる）。桓武天皇がなぜ平安遷都を行ったかについては、諸説あるようだが、第一には、強大になりすぎた奈良の仏教寺院の勢力を削ぐためだったといわれる。「泣くよ（794）坊さん、平安京」の語呂合わせは、ここからきているわけである。

藤原兼家の邸宅跡とされる大将軍神社東三条社
（地図58頁）

■藤原北家の台頭

桓武天皇の願いも空しく、平安京とは名ばかりで、遷都後100年ぐらいの間は、国家的な事件が続けて起こっている。そのたびに、他氏を退けて勢力を伸ばしていったのが藤原氏（北家）だった。承和9年（842）の「承和の変」及び貞観8年（866）の「応天門の変」で、名門貴族の伴氏（大伴氏）が追放され、藤原良房が摂政となった。昌泰4年（901）には、藤原時平の讒言により、宇多天皇の覚えめでたかった右大臣・菅原道真が大宰府に左遷された。

安和2年（969）の「安和の変」では、藤原師尹が左大臣・源高明を左遷し、自らが左大臣に収まった。この結果、藤原氏に対抗する氏族は無くなり、摂関政治が定着することになったのである。もっとも、その後は藤原北家内で、権力闘争が行われる。

藤原兼通と兼家兄弟は、摂関の座をめぐって骨肉の争いを繰り広げた。先に関白となった兄・兼通により、兼家は冷や飯を食わされるが、兼家には天皇家に外孫がいるという強みがあった（兼通にはいなかった）。そして寛和2年（986）、この外孫が即位して一条天皇となった時、兼家は晴れて摂政の座に就いたのであった。

この兼家の息子が道長で、ライバルの兄弟・甥を抑えて実権を握ると、父・兼家に倣って4人の娘を次々と入内させ、3天皇の世を通じて、摂政・太政大臣を歴任する。藤原北家は道長の時に栄華の頂点に達するのだが、紫式部はそうした時代を生きたのである。

2 家柄 ～文学者の家系～

紫式部の父は藤原為時、母は藤原為信の娘で、父方母方ともに藤原北家興隆の祖・藤原冬嗣に繋がる名門であった。しかし、冬嗣の次の代以降、良房の系統が摂関家を継承していくのに対し、式部の父方の良門の系統と母方の長良の系統は、政権中枢からはずれ、両祖父の代からは、それまでの上達部（基本三位以上）の位から四・五位程度の受領階級に降格していた。

為時は、文章博士・菅原文時（菅原道真の孫）門下の文人で、永観2年（984）8月、花山天皇の即位時に式部丞蔵人に任じられ、その後、式部大丞に昇進する（紫式部の「式部」はこの父の官職名からきているとされる）。しか

し、寛和2年（986）に花山天皇が退位すると、官を退き、10年後の長徳2年（996）、越前守に任じられるまでは、散位（官職に就かず位階だけの者）であった。

　官吏としてはもうひとつパッとしない為時であったが、文人としては評価され、『後拾遺和歌集』『新古今和歌集』に歌を残し、『本朝麗藻』『類聚句題抄』に漢詩が収録されている。

　父方の曽祖父・兼輔も、三十六歌仙の一人に数えられ、同じく父方の祖父・雅正、伯父の為頼・為長、母方の祖父・為信などは勅撰集に和歌が採られていて、紫式部の文才は遺伝的・家系的なものがあると言えそうである。

菅原道真の邸宅跡で一門の学問所「菅家廊下」があったと伝わる菅大臣神社（地図31頁）

■幼くして文才を発揮

　式部の生母は式部が幼い頃に他界。同腹の姉と弟・惟規がいたが、母の死後、最も頼りにしたであろう姉もまた、20代半ばで夭折している。父・為時には、式部の実母以外に妻があり、2男（惟通・定暹）1女をもうけている。式部は継母、異母兄弟たちとも一緒に暮らしたと思われ、こうした生い立ちが、式部の性格に影を落としたことは想像に難くない。

　一方で、式部は幼い頃から文学の才能を発揮したようである。少女時代に、為時が惟規に漢文を教えていた時、それを傍らで聞いていた式部のほうが飲み込みが早かったので、為時は「お前が男でなかったのが、私の不幸だ」と残念がったという。もっとも、当時は女が学問をすることは憚られた時代であったから、後述するように、文学の才能が後年かえって彼女を苦しめることにもなる。

位階と官職

　平安時代、官吏の序列を示す位階とそれに相当する官職が定められていた（官位制度）。位階は正一位から従八位下まで30階からなり、たとえば、最高職である太政大臣は正従一位、左大臣・右大臣・内大臣は正従二位、大納言は正三位、中納言は従三位、各省の卿（長官）は正四位上下、参議は正四位下、地方官（受領）は従五位上から従六位下、文章博士は従五位下という具合であった。

　ちなみに『源氏物語』では、光源氏が元服した息子の夕霧を敢えて六位という低い地位に付け、大学寮で勉学に専念させている。

3 越前下向 ～父の越前守就任に従う～

紫式部が越前の行き帰りに眺めたであろう琵琶湖に浮かぶ竹生島（地図5頁）

長徳2年（996）夏、式部は父・為時の越前守赴任に同行し、越前国の国府である武生（福井県越前市）に赴いた。式部の継母や異母兄弟も同行したかは分かっていない。式部は20歳を過ぎていたが、いまだ独身だった。なぜ、成人した式部が父に同行したのか。これも不明だが、前年に実姉が亡くなったことや、姉妹のように仲良くしていた友人が、事情があって肥前国に下ることになったことなどが、影響しているとの説もある。

往路、式部は京都を出て逢坂の関を通り、大津から船に乗り、湖西の三尾ヶ崎に停泊した後、さらに北上し、塩津から深坂峠を越えて敦賀に出た。そこから、木の芽峠か五幡山、あるいは帰山を経て武生に入ったと考えられている。

当時の貴族の独身女性が家を遠く離れることは、きわめて稀なことであった。理由はともあれ、感受性に富む式部にとって、この大旅行で見聞を広めたことは、将来の創作活動に向けて、貴重な経験だったようである。

ただ、越前の冬は寒さが厳しい。雪をテーマに京を偲ぶ歌を何首か残しているが、都育ちの式部は、雪国のどんよりと晴れない日々に、うんざりしたこともあったろう。しかし、家に籠らざるを得ない状況は、空想するにはうってつけである。『源氏物語』の原型は、越前時代に構想されたのではないか、とつい想像したくなるのである。

しかし、式部が越前の冬を過ごしたのは一度きりであった。下向から1年余りで、式部は任期中の父を残し京へ帰った。結婚のためであったろうと考えられている。

釣殿・泉池を備えた紫式部公園（福井県越前市／地図5頁）

4 結婚と出産 ~短かった結婚生活~

長徳3年（997）、式部が越前から戻って結婚した相手は、藤原宣孝といった。この時47歳。式部を27歳として、親子ほど年の開きがある。もちろん、宣孝は初婚ではなく、複数の妻を持ち、それぞれに子どもをもうけていた。もっとも、式部にしても、27歳という結婚年齢は当時としては、きわめて遅く、初婚ではなかったという説もある。

宣孝も式部と同じ藤原良門の系統であったが、勧修寺家の藤原高藤の5代目に当たるので、式部の家より家格は上だった。出世も早く、30代で左衛門尉となり、その後、山城・筑前・備中などの国司を歴任していたのだ。

性格も明朗快活で、物事にこだわらないタイプだったらしく、どちらかと言えば内向的な性格の式部とは対照的だが、それがかえって2人の相性を良くしたのかもしれない。結婚の翌年、2人の間に娘・賢子が誕生し、宣孝は左衛門権佐に昇進。式部の結婚生活は順風満帆であったが、それも長くは続かなかった。長保3年（1001）4月25日、宣孝が流行り病により死去、結婚後わずか2年余りで、式部は1女を抱えるシングルマザーになってしまったのである。

5 中宮彰子へ出仕 ~藤原道長の推薦による~

寛弘2年（1005）か同3年の12月29日、式部は一条天皇の中宮彰子のもとに出仕する（寛弘元年との説も）。夫・宣孝の死から数年が経ち、娘も少し手がかからなくなって、宮仕えできる環境も整っていたのだろう。すでに式部は三十路に入っており、もちろん、中宮への出仕であるから、それ相応の使命を受けてのことであった。

この頃、式部はすでに源氏物語を書き始めていて、宮中でも評判になっていたようである。それに目を付けた彰子の父・藤原道長が、中宮の女房として式部に白羽の矢を立てたのである。道長の狙いは何であったか。

前述したように、道長の父・兼家は、摂関家内での権力闘争で兄・兼通を凌いで実権を握ったが、兼家には5人の男子があり、道長は五男だったので、本来なら後継者となる立場ではなかった。ところが、長徳元年（995）、長男・道隆（関白）が疫病により死亡し、続けて関白を引き継いだ三男・道兼も疫病に倒れたため、急遽、道長に要職が回って来る。内覧の宣旨を受け、さらに右大臣にまで昇進し

藤原道長が創建した藤原氏の菩提寺・浄妙寺の跡碑（地図89頁）

たのである。

　道隆の嫡男・伊周が道長のライバルとして残ったが、その伊周も、翌年、弟の隆家と花山法皇闘乱事件（長徳の変）を起こして失脚した。ただ、道隆の娘・定子が一条天皇の中宮となっており、天皇の寵愛を受け、すでに第1皇子の敦康親王が誕生していた。

　道長は自らが天皇の外祖父となるため、娘の彰子を一条天皇に入内させた。

　定子には清少納言をはじめ教養があり明朗な女房が仕えて、文化的なサロンが形成され、学問好きの一条天皇を喜ばせていた。定子は式部が出仕する前に25歳の若さで夭折するが、道長は彰子が天皇の寵愛を受けやすくするため、彰子のサロンをより魅力的にしようと、清少納言に対抗しうる女房として式部を選んだのだった。

　その頃、式部の父・藤原為時は、越前守の任期を終えて、京都へ戻っており、道長は、歌会で顔を合わせた為時に再三式部の出仕を要請したという。式部は出仕に気乗りしなかったようだが、天下の道長からの御指名とあっては、無下に断ることは、さすがにできなかったのであろう。

花山法皇闘乱事件（長徳の変）

　長徳2年（996）頃、花山法皇が故藤原為光の娘・四の君のもとへ通い始めるが、同じ家に藤原伊周の愛人・三の君も住んでいて、法皇と三の君の仲を勘違いした伊周は、弟の隆家と相談し、同年1月16日、従者を引き連れて法皇の一行を襲い、法皇の衣の袖を矢で射抜いたという事件。道長はこの事件を利用し、伊周らを失脚させた（伊周の妹・中宮定子もこれにより落飾している）。

6 宮仕え生活 ～人間関係に悩む～

　中宮彰子のもとでの式部の仕事は、一般の女房のような身の回りの世話をするのとは異なり、和歌や音楽など、教育面で彰子を支える家庭教師のようなものだった。『源氏物語』の作者としての力量を買われての任用であったから、一般の女房とは当然役割は異なっていたのだろう。

　そんな特別扱いと引っ込み思案な性格から、出仕当初、式部はほかの女房から、才能を鼻にかけた親しみにくい人物に見られたようである。周囲の誤解に落ち込んだ式部は、たびたび里帰りし、それは長期に及ぶこともあったらしい。しかし、やがて式部にも気の置けな

図1　若宮〈敦成親王〉を抱く中宮彰子

い女房仲間ができる。

　大納言の君や宰相の君、小少将の君などであるが、特に小少将の君とは、2人の部屋の仕切りを取り払って、「身の憂さ」を語り合うほどの仲であった。

　寛弘5年（1008）9月11日、中宮彰子が待望の男子（敦成親王／後の後一条天皇）を出産する。出産前の7月16日、彰子は実家の土御門殿へ移っており、式部も彰子に従っていた。彰子の男子出産は、道長にとって悲願であり、出産時の僧・陰陽師らによる祈祷や、誕生後の様々な祝賀行事、一条天皇の土御門殿行幸などの様子を、式部は『紫式部日記』に詳しく書き留めている。

　翌年、彰子は再び懐妊し、11月25日、土御門殿で第2子・敦良親王（後の後朱雀天皇）を出産した。寛弘8年（1011）6月、一条天皇が崩御し中宮彰子は皇太后となるが、その後も式部は、女房として彰子に仕えたようである。

7 道長との関係 ～お互い憎からずの間柄～

　式部の宮中出仕後も、道長はそれなりに式部に目をかけていた。彰子サロンを盛り上げる女房として、身分の割にいい待遇を与える一方で、式部を女としてみていた節もあった。ある日、庭に咲く女郎花（オミナエシ）の一枝を折って、式部のいる部屋に差しかざし、彼女と歌のやり取りをしている。

　また、源氏物語が中宮の前にあるのを見て、梅の実の下に置かれている紙に、式部に向けて「源氏物語の作者であるお前は『すきもの』と評判だが、そなたを見て放っておく男はいないと思う」という意味の歌を書いた。さら

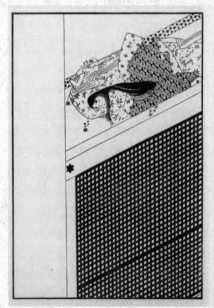

図2　夜、紫式部を訪う藤原道長

にある夜、寝静まった部屋の戸をたたく人がいて、式部は恐ろしくて何も答えないでいたところ、朝になって、「泣く泣く戸を叩いて想い嘆いていたのですよ」という道長の手紙が届いていたこともあった。

これら道長のモーションに対する式部の対応は、いずれも好意的ものであり、2人は男女の関係にあったとみるのが、妥当ともいわれる。道長には明子（源高明娘）、倫子（源雅信娘）という妻があったが、当時の貴族の世界にあっては、妻以外の女房と関係を持つことは珍しくなかったのである。

8 源氏物語を書く ～道長が全面的に支援～

式部が『源氏物語』を本格的に書き始めたのは、夫・宣孝と死別後、中宮出仕までの間と考えられている。夫を亡くした寂しさを紛らわすための手すさびであったのかもしれない。もともと文学少女だった式部は、古き物語（『伊勢物語』など）に接しながら、いずれ自分も物語を紡いでみたいと思っていたのだろう。かな文字で書かれた『源氏物語』は、はじめは周りの女友達に見せる程度であったが、やがて口コミで宮中関係者にも広がって、道長の耳にも入り、それが中宮彰子への出仕に繋がったのは、前述のとおりである。

出仕後は道長の絶大なる支援（紙や墨の提供など）を受けて、着々と執筆を進めた。たびたびの「里下り（里帰り）」の多くは、執筆時間に当てられたのではないかと考えられている。『紫式部日記』には、敦成親王の五十日祝いの際、酔っぱらった藤原公任が式部に「このあたりに若紫はおいででしょうか」とわざとらしく尋ねたとか、道長が式部の留守中に源氏物語の下書きを持ち帰って、次女の研子に渡したとか、また、中宮彰子は冊子づくりに勤しみ、一条天皇も人に読ませて聞いていたといったエピソードが書かれていて、この頃には、宮中で源氏物語と作者の紫式部が相当評判になっていたことが伺える。

源融の墓（清凉寺／地図76頁）

さて、源氏物語は平安時代中期の貴族社会における恋愛模様や権力争いなどを描いた小説であるが、中身は完全にフィクションである。しかしながら、舞台設定には、式部が育った家庭環境や宮仕えから知り得た情報が当然反映されているのだろう。興味深いのは主人公に光源氏という賜姓源氏（臣籍降下した皇族）を置いたことである。

賜姓源氏は、嵯峨天皇から分かれた嵯峨源氏が最初であるが、初代嵯峨源氏の源融は従一位・太政官を務め、六条河原院を造営したといわれ、また、同じく嵯峨源氏で、「安和の変」で失脚した源高明は、その娘・明子が道長の室になっていることから、式部はこの2人に主人公の着想を得たとの説もある。

9 性格 ～一筋縄ではいかない～

宮仕え後の式部は、引っ込み思案で内省的と言われるが、今風に言えば、結構めんどくさい人だったようである。殿方に顔を見せるのを嫌がったり、文学に秀でたことを鼻にかけている風に見られないために馬鹿なふりをしたり、土御門殿の栄華の中に身を置きながら、池に浮かぶ水鳥を見ても、天皇の御輿を担ぐ人を見ても、わが身に寄せて考えて苦しくなってしまう。

一方で、左京の馬という老女房を、先頭に立ってからかうようなサディストぶりを示したり、大晦日の宮中引き剥ぎ事件の際には、テキパキと他の女房に指示を与えるリーダーシップを発揮したり、という一面もある。やがては、苦しみから逃れようと、出家を望むようになるが、しかし、そんな複雑な心の持ち主であったらばこそ、『源氏物語』という、文字通り不朽の名作を世に残せたのだろう。

大晦日の宮中引剥ぎ事件

寛弘5年（1008）の大晦日、宮中の鬼やらいの行事が済んだ後、式部がお歯黒を付けたりしていると、弁の内侍（中宮女房。源扶義の後妻・藤原義子とも）がやって来て、しばらく話をしてそのまま寝てしまった。と、中宮のいる部屋のほうで、大きな声が聞こえた。人の泣き騒ぐ声もするので、式部は弁の内侍を叩き起こし、同僚女房の内匠の君も加えて3人で震えながら、中宮の部屋のほうへ行ってみると、女房が2人裸でうずくまっている。さては引き剥ぎにあったかと思い、警固の者はみな帰って見当たらないので、兵部丞（弟・惟規）を呼びにやったが、すでに退出してしまっていた。肝心な時に役に立たない弟に失望しつつ、裸の女房2人の姿を思い出すと、恐ろしくもあり、おかしくもある式部だった。

10 晩年 ～重要な職務に就く～

式部が、いつ頃まで宮仕えに身を置いたかははっきりしない。『小右記』の長和2年（1013）5月25日の条で、「実資の養子・藤原資平が実資の代理で、皇太后・彰子のもとを訪れた際、『越後守為時女』なる女房が取次役を務めた」という記事があるので、その頃までは宮中にいて、かなり重要な職務も果たしていたようである。ちなみに、これが生前の紫式部に関する最後の記録とされる。

宮仕えを終えてからの式部は、おそらくは実家に帰ったのであろう。式部の没年も明らかではない。式部の父・為時は、越前から帰京後、再び10年に及ぶ散位生活を送り、寛弘8年（1011）2月、越後守に任ぜられ、長和3年（1014）、任期を1年残して帰京しているが、それは式部が亡くなったためともいわれる。生年を天延元年（973）とし、没年を長和3年（1014）とするなら、享年42ということに

なる。『紫式部日記』の寛弘7年（1010）と思われる消息文（手紙文）の記事に、「これ以上老いぼれたら、目がかすんで（老眼が進んで）、経も読まなくなり云々」とあり、当時老眼が気になるアラフォーだったと考えれば、享年としては妥当なところだろう。ちなみに長和6年（1017）、式部の娘・賢子が式部の跡を継ぐように、中宮彰子に出仕している。

11 紫式部日記と紫式部集
～式部の人となりが伺える貴重な記録～

●紫式部日記

　記録としては、式部が彰子のもとに出仕していた寛弘5年（1008）秋から同7年（1010）正月までの2年余りが対象となっている。しかし、途中には、消息文（手紙文）体による女房批評や自己への想いが長々と挟まっている。

　敦成親王誕生前後の土御門殿の様子をドキュメンタリータッチで描き、他の女房との付き合いや道長ら貴族の男たちとのやり取りを取り上げ、また、宮仕えに馴染めぬつらさを吐露している。『源氏物語』執筆中のエピソードも出てくるので、本日記により源氏物語の作者が式部であることが知れるのである。日

紫式部歌碑（紫式部公園／福井県越前市／地図5頁）

記執筆の動機は明らかでないが、道長の指示があったとも想定され、そのせいもあってか、日記中、定子サロンを盛り立てたライバル・清少納言に辛辣な批判を加えている。

紫式部と漢文

　少女の頃から漢文の素養のあった式部は、その後も漢文に親しんだようだが、当時は女が漢文を読むことははしたないこととされ、夫の死後、実家の侍女から「だから奥様は幸せになれないのです」と注意されたといわれる。出仕後は他の女房の目を気にし、その学識をひたすら隠し、「一」の字すら書けないそぶりをした。

　もっとも、一条天皇や中宮彰子は漢詩に親しむのを好み、式部は、中宮に請われて「白氏文集」（唐の詩人・白居易の詩集）を密かにレクチャーしている。天皇にも日本紀（日本書紀）の教養を褒められているが、そのことで、女房たちに「日本紀の御局」と揶揄された。

　しかし、式部にもプライドはあったのだろう、ライバル・清少納言に対しては、利口ぶって漢字を書き散らしているが、足らないところが多いと批判している。

●紫式部集

　紫式部の和歌集。式部の自選とされる。おさめられた百数十首は、娘時代から越前下向、結婚、夫との死別、宮仕えに至るまで、式部の生涯全般にわたっている。これらの歌から、娘時代の式部は、明るく素直で優しい心を持ち、知性豊かな少女であったこと、夫の死後は、その悲しみが心に影を落とし、宮仕えに出て、華やかな世界に身を置きながらも、無常感や孤独感に取りつかれていたことが知れる。前頁の歌碑（写真）は、本歌集にある式部と藤原宣孝との贈答歌を刻む。

12 紫式部と平安京

　遷都当初の平安京は、南北約5.2㎞、東西約4.5㎞の長方形で、中央北寄りに天皇の御所（内裏）及び諸官庁のある大内裏が置かれ、大内裏から都を南北に貫くメインストリートとして、幅約84mの朱雀大路（今の千本通りの位置）が整備された。朱雀大路の南端には都の出入り口である羅城門が、その両側には官寺の東寺、西寺が設けられた。土地は道路によって、碁盤の目状に区分けされ住宅地となった。

廬山寺（地図36頁）

■生誕地

　整然としたプランで造営された平安京であったが、紫式部が生まれた頃には随分と様変わりしていたようだ。天元5年（982）に慶滋保胤が著した『池亭記』には、左京に比べて右京は早く廃れ、人家は左京の四条以北に集中した、と記されている。では、式部は平安京のどこで生まれたのであろうか。

　中納言従三位で醍醐天皇の信任が篤かった、式部の父方曽祖父・藤原兼輔は、平安京東北部の、正親町小路南、東京極大路西のエリアに邸宅を構えていた。式部の父・為時がここを引き継ぎ、式部もこの邸宅で生まれたと考えられている。今の廬山寺の辺りである。

　式部は娘時代をここで過ごし、藤原宣孝と結婚後も住み続け、宣孝が式部のもとへ通っている。宣孝の死後、中宮彰子へ出仕するまでの数年間、式部はこの邸宅で娘を育てながら、『源氏物語』の執筆にも取り組んだのだろう。出仕後もたびたび「里下り」と称して、この実家へ戻っており、生涯を通して一番長く住まいした場所であった。

■職場
一条院

　藤原道長から抜擢されて、式部は一条天皇の中宮彰子に出仕するが、当時天皇の御所は大内裏にはなかった。というのは、一条天皇の時代になってたびたび内裏が火災に遭い、天皇は、いわゆる里内裏として、母（円

融天皇の女御／東三条院）の実家である一条院に住むことが多くなっていたのである。一条院は大内裏の東北に接し、今の堀川通辺りまで東西2町の広さがあった。したがって式部は、基本的にはこの一条院に詰めていたのだろう。『源氏物語』では、内裏を舞台とする話が出てくるが、式部自身は大内裏内の内裏を実見することはほとんどなかったはずである。

土御門殿

中宮彰子は第1子（敦成親王）と第2子（敦良親王）を出産する際、一条院から父・道長の邸宅で自分の生家でもある土御門殿に移っており、当然、式部もそれに随行している。土御門殿は、土御門大路の南、東京極大路の西、今でいえば、京都御苑大宮御所の北側辺りにあった。

もとは源雅信の邸宅であったが、雅信の娘・倫子が道長と結婚した際、道長の所有となったようである。寝殿造りの豪華な建物と池のある庭を有し、のちには後一条、後朱雀、後

冷泉3代の里内裏ともなり、道長の栄華を象徴するような豪邸であった。式部も、『紫式部日記』にここでの出来事や邸宅の様子を詳しく書き綴っており、彼女にとっても強く印象に残る空間だったのだろう。『源氏物語』に出てくる光源氏の邸宅・六条院のモデルになったともいわれる。

宇治殿

藤原道長の死後、政権を引き継いだ嫡男・頼道が、宇治の地に今に残る平等院を創建するのは、永承7年（1052）のことである。宇治には平安初期から貴族の別荘が営まれていて、平等院は、光源氏のモデルともいわれる源融の造営した別荘が、回り回って道長の別荘「宇治殿」となり、それをもとに頼通が改築して創り上げた寺院だった。

『源氏物語』の「宇治十帖」は、宇治が舞台だが、平等院が建設される前の、別荘地としての宇治の様子を、生前の式部は見聞していたのだろう。

平等院（地図94頁）

四円寺と六勝寺

　平安時代中期、仁和寺の東方、衣笠山の麓に、歴代天皇と関わりの深い、円融寺・円教侍・円宗寺・円乗寺という4つの寺院が創建された。円融寺(983)は円融天皇、円教寺(998)は一条天皇、円宗寺(1055)は後三条天皇、円乗寺(1070)は後朱雀天皇のそれぞれ勅願によるもので、いずれも「円」の字が付くことから「四円寺」と呼ばれた。一方、平安時代後期には岡崎の地に、天皇・皇族の発願により6つの寺院が創建された。白河天皇の法勝寺(1077)、堀河天皇の尊勝寺(1102)、鳥羽天皇の最勝寺(1118)、待賢門院璋子の円勝寺(1128)、崇徳天皇の成勝寺(1139)、近衛天皇の延勝寺(1149)の六寺で、いずれも「勝」が付くことから「六勝寺」と称された。四円寺も六勝寺も、その後の火災や戦乱により廃絶、姿を消した。(　)は創建年(西暦)。

13 平安の女流作家たち

　平安時代中期は女流文学の花が開いた時代で、下記のような女性作家が活躍した。そのうち、紫式部と同じ中宮女房だった和泉式部、赤染衛門、清少納言の3人について、式部は『紫式部日記』の中で批評している・

和泉式部 (978?~?)

　越前守・大江雅致の娘。和泉守・橘道貞と結婚するが、冷泉天皇の第3皇子・為尊親王、さらにその弟の敦道親王と恋愛関係となり、親には勘当され、夫とも別れることに。敦道親王の死後、紫式部に遅れて中宮彰子に出仕し、その後、酒呑童子を退治した伝説で有名な藤原保昌と再婚した。そうした自らの恋愛体験を『和泉式部日記』に記している。

　紫式部は彼女のことを『紫式部日記』で、「感心しない面もあるが、歌にははかない言葉の匂いがあり、必ず趣のある一点が詠み添えてあってなかなかよろしい、もっとも引け目を感じるほどの人ではないが」と評している。

和泉式部の墓(誠心院／地図34頁)

赤染衛門 (956?~?)

　大隅守・赤染時用の娘。文章博士・大江匡衡と結婚し、夫婦仲がよく夫を献身的に支えたことから、「匡衡衛門」と呼ばれたといわれる。藤原道長の正妻・倫子とその娘・彰子に仕え、紫式部のほか清少納言、和泉式部とも親交があった。『栄花物語』正編の作者とされるが、同書は『紫式部日記』を丸写ししている部分が多い。紫式部は彼女のことを同日記で、「歌は格別優れているわけではないが、歌を詠み散らすこともなくて、ちょっとした折の歌でも、こちらが恥ずかしくなるような読みぶりだ」と結構褒めている。

清少納言 (966?～1025?)

　著名な歌人・清原元輔の娘。少女時代、父の周防守赴任に同行し、4年をその地で過ごした。10代半ばで陸奥守・橘則光と結婚するがのちに離婚、摂津守・藤原棟世と再婚した。正暦4年 (998) 頃から一条天皇の中宮定子のもとに出仕し、博識を買われて恩寵を受けた。定子の死とともに宮仕えを辞め、その前後に『枕草子』を完成させている。『枕草子』は、自然や日常生活、宮廷社会の様子などを鋭敏な感覚で描いた随筆で、鴨長明の『方丈記』、吉田兼好の『徒然草』とともに「日本三大随筆」の一つとされる。

　紫式部が出仕するのは、清少納言が宮中を去ってからだが、式部は常に彼女のことをライバル視していたようで、『紫式部日記』では、「実に得意顔で偉そうにしている。利口ぶって漢字を書き散らしているけれど、よく見ると足らないところがたくさんある。このように人より優れていると思いたがる人は、やがて必ず見劣りすることになろう。風流ぶって、寂しくつまらない時でもしみじみ感動するようにふるまっているうち、誠実さがなくなって、末路は哀れなものに違いない」と容赦なく彼女を批判している。

藤原道綱の母 (936?～995)

　歌人・藤原倫寧の娘。『蜻蛉日記』の作者。藤原兼家 (道長の父) の妻となり、道綱 (道長の異母兄) を産んだ。兼家との結婚生活を中心に、天暦8年 (954) から天延2年 (974) までの間の出来事を『蜻蛉日記』に綴った。その中で、他の女のもとに通う兼家への嫉妬を赤裸々に吐露しており、紫式部の『源氏物語』にも影響を与えたといわれる (同日記には、「近江」という兼家の愛妾が登場し、娘もいて道綱母の嫉妬心を掻き立てるが、式部はそこから、『源氏物語』第26帖「常夏」ほかに出てくる頭中将の落とし胤「近江の君」の着想を得たとする説がある)。

菅原孝標女 (1008～?)

　菅原道真の子孫である菅原孝標の次女。本名は伝わっていない。『更級日記』の作者。『蜻蛉日記』の作者・藤原道綱母は、母の異母姉に当たる。『更級日記』は、13歳で父の赴任先の上総から帰京するところから始まり、『源氏物語』を読みふけった少女時代、祐子内親王 (後朱雀天皇第3皇女) 家への出仕、橘俊通との結婚、夫の単身赴任と病死、子どもたちが巣立った後の孤独な生活など、寛仁4年 (1020) から康平2年 (1059) までの約40年間の出来事が綴られている。

　『蜻蛉日記』『紫式部日記』とともに、平安女流日記文学の代表作に数えられ、また、最も早い時期に『源氏物語』に触れていることで、貴重な史料となっている。

清少納言歌碑 (泉涌寺／地図52頁)

藤原道綱母子邸宅跡碑 (地図44頁)

源氏物語の注釈書

源氏物語が今日まで伝えられてきたのは、平安時代から江戸時代にかけて、多くの写本が作られたことによる。加えて、有名無名の著者による種々の注釈書が著されてきたことも与って力があったに違いない。名のある著者の注釈書としては、藤原伊行著『源氏釈』(平安時代末)、藤原定家著『奥入』(1233年頃)、源親行著『水原抄』(13世紀中頃)、素寂著『紫明抄』(13世紀後半)、源具顕著『弘安源氏論議』(1280年)、四辻善成著『河海抄』(1360年代)、一条兼良著『花鳥余情』(1472年)、宗祇著『種玉編次抄』(1499年)、三条西実隆著『弄花抄』(1504年)、里村紹巴著『紹巴抄』(1565年)、北村季吟著『湖月抄』(1673年)、熊沢蕃山著『源氏外伝』(1673年頃)、契沖著『源注拾遺』(1698年)、賀茂真淵著『源氏物語新訳』(1758年)、本居宣長著『源氏物語年紀考』(1763年)、萩原広道著『源氏物語評釈』(1861年)などがある。

14 紫式部をめぐる人々

■家族
父　藤原為時 (949?～1029?)

　文人としては優れていたが、頑固で世渡り下手な人物であったようだ。10年の散位ののち、越前守に任じられたのは、彼の文才が幸いしたという逸話がある。初め小国の淡路守に決まった為時が、傷心を詩に託して上申したところ、その詩に一条天皇が感動し、それを道長が忖度して、為時を越前守に改めて(すでに決まっていた者に代えて)任じたというものである。

　一方で、寛弘7年(1010)正月2日、道長から天皇の前でする遊びに伺候するよう呼ばれたのに早々と帰ってしまい、機嫌を損ねた道長は、「お前の父親は偏屈か」と言って、代わりに歌を詠むよう式部に命じている。

　寛弘8年(1011)に越後守に叙任されるが、3年後に任期を1年残して帰京(式部が亡くなったからとも)、長和5年(1016)4月、三井寺で出家した。

弟(兄とも)　藤原惟規 (974?～1011)

　幼少期、姉の式部に比べて漢詩の覚えが悪く、父・為時に嘆かれたが、長保6年(1004)に少内記となり、その後、兵部丞、六位蔵人、式部丞を歴任、従五位下にまで出世する。しかし、兵部丞の在任中に起こった「宮中引き剥ぎ事件」では、式部が機転を利かせて彼に手柄を立てさせようとしたにもかかわらず、それに応えることができなかった(14頁参照)。さらに寛弘8年(1011)、為時の越後守就任が決まると、高齢の父を単身送れないと思ったのか、地位を投げ打って越後に同行し、父に先立ちその地で病死した。なお、式部が反発した斎院女房・中将の君(27頁参照)は、惟規の愛人とされる。

夫 藤原宣孝 (?~1001)

　円融天皇のもとで左衛門尉を務め、花山天皇の即位とともに院判官代となる。筑前守を経て長徳4年（998）に山城守となるが、このころ、紫式部と結婚したとされる。やり手だが目立ちたがり屋なところがあり、清少納言の『枕草子』に、誰もが地味な装いで行う御嶽詣でに、息子ともども派手な格好で出掛け、人々の顰蹙を買ったという記事がある。

　一方で、結婚前の式部に「血の涙が出るほどあなたのことを想っています」という歌を、朱を落とした紙に書いて送るという、しおらしい一面もあった。娘・賢子が誕生した翌年、疫病により死去。式部がその死を悼んだ歌「見し人の煙になりしゆうべより名ぞむつましき塩釜のうら」が『紫式部集』に収められている。

娘 藤原賢子 (大弐三位) (999?~1082?)

　父は藤原宣孝。長和6年（1017）、18歳の頃に母・式部の跡を継いで中宮彰子に出仕する。その後、藤原道兼の次男・兼隆と結婚、1女をもうけた。万寿2年（1025）、後朱雀天皇の皇子・親仁親王（後の後冷泉天皇）が生まれると、乳母を任された。その後、東宮権大進・高階成章と再婚、1男1女をもうけた。天喜2年（1054）、後冷泉天皇の即位とともに従三位に昇叙、夫・成章が大宰大弐に就任して以降、大弐三位と呼ばれるようになる。式部同様、小倉百人一首に選ばれている。

■皇室・主家・貴族
藤原道長 (966~1028)

　紫式部のパトロン。すでに最高権力者に上りつめていたが、娘・彰子が一条天皇の皇子（敦成親王）を産み、天皇の外戚という悲願を達成した時は大喜びし、皇子を抱き上げておしっこをかけられても、濡れた衣をあぶりながら、満足気だったという。

　長和5年（1016）正月29日、その敦成親王が即位（後一条天皇）すると、摂政の座に就き、彰子以外の娘、妍子・威子・嬉子・寛子も次々と入内させた。その後、長男・頼道

平安京と疫病

　人口が集中した平安京では、遷都以来たびたび疫病の流行に見舞われている。正暦4年（993）には天然痘が流行り、翌5年には、疫病の大流行により、路頭や堀に死体があふれ、街に死臭が漂ったといわれる。長徳元年（995）には、関白・藤原道隆、道兼兄弟が疫病で倒れ、藤原道長台頭のきっかけとなった。長保3年（1001）の流行時には、紫式部の夫・藤原宣孝や、和泉式部と浮名を流した為尊親王（冷泉天皇の第3皇子）が亡くなっている。京都三大祭の一つ、祇園祭は、貞観11年（869）に疫病が流行した際、悪疫除去のため始まったとされる。

祇園祭の山鉾

に摂政の座を譲るが、実権は握り続け、摂関政治の最盛期を築いた。

「この世をば我が世とぞ思う望月のかけたることもなしと思えば」という有名な歌を詠むのは、威子が立后した寛仁2年（1018）10月のこと。晩年は病に苦しみ、寛仁3年（1019）に出家、治安2年（1022）、土御門殿の東に隣接して、浄土教の寺院・法成寺を建立した。その5年後の万寿4年（1027）12月4日、同寺の九体阿弥陀堂（無量寿院）で、阿弥陀如来像の手と自分の手を糸でつなぎ、僧侶たちの読経が響く中、西方浄土を願いながら身罷った。享年62。『御堂関白記』を残したが、実際は関白にはなっていない。

一条天皇（980～1011）

父は円融天皇、母は藤原兼家の娘・詮子。詮子は道長の同母姉なので、道長の甥に当たる。寛和2年（986）、花山天皇の出家に伴い、7歳で即位する。11歳で3歳上の定子（藤原道隆の娘）と結婚、第1皇子・敦康親王をもうけた。その直前に道長の娘・彰子が入内、初の「一帝二后」となる。

定子の死後、彰子との間に第2皇子・敦成親王、第3皇子・敦良親王をもうけた。女房らが『源氏物語』を読むのを聞いて、式部のことを「この人は、日本紀（日本書紀）を詠んでいるはずだ。まことに学識がある」と称賛。しかし、それを聞きつけた左衛門の内侍という女房に、

2千円札に描かれた紫式部

一条天皇は敦成親王誕生後の10月16日、土御門殿に行幸し母子と対面する。その翌日のこと。夜になって、このたび昇進した藤原実成と藤原斉信が、紫式部のいる局にやってきて、格子の下半分を取り外せよと催促。だが式部は、若い女性ならいざしらず、いい年をした私などがそんなことがでましょうかと言って拒否する。2千円札裏面右下の図はその場面の式部を描いたものである（紫式部日記絵巻）。なお、同札裏面左側の絵柄は『源氏物語』第38帖「鈴虫」の一場面（源氏物語絵巻／122頁図9参照）。

図3　紫式部に格子を取り外すよう促す藤原実成（右）と藤原斉信（左）

式部は「日本紀の御局」という、有り難くない
あだ名をつけられている。式部が出仕期間中
の寛弘8年（1011）、病により32歳の若さで
逝去した。

藤原彰子（988〜1074）

　藤原道長の長女。母は源雅信の娘・倫子。
長保元年（999）、12歳で従兄の一条天皇に
入内。中宮定子の死後、定子の遺児・敦康
親王の面倒を見る。一方、女房に紫式部や
和泉式部、赤染衛門などを抱え、平安女流
文学の花を咲かせた。寛弘5年（1008）9月
11日、21歳で第1子・敦成親王を出産、さら
に翌年、第2子・敦良親王を産んだ。
　式部は『紫式部日記』の中で、彰子の美し
さや立派な態度を称え、彰子も式部を慕って、
『源氏物語』だけでなく、漢詩集『白氏文集』
の講義を請うたりしている。24歳で一条天皇
と死別するが、立太子をめぐって、道長に意
見するような一面もあった（「敦康親王」参照）。
87歳の長寿を全うし、死去した時は、曽孫の
白河天皇の世となっていた。その間に、2人の
息子は後一条天皇、後朱雀天皇となり、長く
国母として崇められた。

藤原定子（977〜1001）

　関白・藤原道隆の長女。正暦元年（990）、
14歳で従弟の一条天皇に入内する。21歳で
修子内親王を、23歳で敦康親王を出産する
が、長保2年（1001）12月16日、第3子・
媄子内親王を産んだ直後、難産のため20
代半ばで逝去した。生前、清少納言など博
識な女房が仕え、文化的なサロンを形成し
た。式部が出仕するのは、定子の死後である
が、宮中には定子サロンを懐かしむ声があっ
て、式部はそれに対抗して彰子サロンを盛り
立てる役目を担った。

敦康親王（999〜1019）

　一条天皇第1皇子。母は定子。定子が亡く
なった時、まだ3歳だった。中宮彰子に養育さ
れるが、その彰子にしても、当時はまだ14歳。
これには、道長の思惑があったようだ。定子
の実家の中関白家は道長にとってライバルで
あったが、仮に彰子に皇子が生まれなかった
場合のことを考え（他の東宮（皇太子）候補は
血縁的に道長と余り近くなかった）、彰子に敦
康親王の面倒を見させたといわれる。道長に
とって、敦康はいわば「保険」だったのである。
　案の定、彰子が皇子を産むと、道長は敦
康親王への奉仕を取り止め、一条天皇が望
んだにも関わらず、敦康親王の立太子は実現
しなかった。彰子は愛情をこめて敦康親王を
育てたようで、道長の意向により、敦康親王
を差し置いて、自分が産んだ敦成親王の立
太子が決定した時、彼女は道長に敢然と抗議
したといわれる。
　成長した敦康は、作文会や歌合などを催し
て風雅の道に生き、20歳の時、病を得て死去
した。式部が出仕した頃、敦康親王は彰子の
もとにいた可能性があり、式部はこの悲運の
新王の幼い姿を目にとめていたかもしれない。

源倫子（964〜1053）

　源雅信の娘。藤原道長の正室で彰子・頼
通の生母。中宮彰子が敦成親王を産んだ
際、へその緒を切る役を務めた。寛弘5年
（1008）9月9日の重陽の節句の折、倫子
は三十路の紫式部に老いをふき取るよう、菊
の綿を贈るが、それに対して式部は、「菊の露
にはちょっと若返る程度に袖を触れるぐらい
にして、千代の若さは菊の持ち主であるあなた
（倫子）にお譲りしましょう」という意味の歌を
詠んで、45歳の倫子に返そうとしている。冗
談が通じ合う関係だったのだろう。

式部は、道長と倫子が結婚した際（987）、倫子付きの女房として出仕したとの説もある。

藤原頼道（992〜1074）

藤原道長の長男。ある日の夕暮れ、土御門殿で式部が宰相の君と2人で話をしていると、17歳の頼通が現れ、簾の端を引き上げてそこに腰掛け、大人びた様子で、「女はやはり気立てがよいということは、なかなか難しいもののようだ」などと、男女間の話をしんみりとした。そんな頼通を式部は、とても立派で、物語に出てくる男君のようだと称賛している。

敦成親王誕生の際は、弟の教通らと祝いの散米を大声でまき散らし、それが僧都の頭にも降り注ぎ、よけようと頭に扇をかざす僧都の様子が面白くて、女房らの笑いを誘っている。

道長が確立した摂関政治を引き継ぎ、摂政・関白・太政大臣を歴任、宇治に平等院を造営し、83歳の長寿を全うした。

藤原公任（966〜1041）

関白太政大臣・藤原頼忠の長男で正二位・権大納言。寛弘5年（1008）11月1日、土御門殿で催された敦成親王の五十日祝いで、酔っ払った公任は、几帳の間から紫式部を覗き、「このあたりに若紫（『源氏物語』に出てくる紫の上のこと）はおいででしょうか」とわざとらしく尋ねた。もちろん、源氏物語の作者が式部だと知ってのことである。

それに対し、式部は「源氏の君（光源氏）に似ている御方も見えないのに、紫の上がいらっしゃるわけがないでしょう」と思いつつ、聞き流している。ちなみにこの逸話を記念して、2008年に11月1日を「古典の日」とすることが決められた。

藤原実資（957〜1046）

参議・藤原斉敏の四男。従一位・右大臣。有職故実に精通した当代随一の学識人であっ

図4 藤原公任

図5 藤原実資（右下）

た。実資の残した日記『小右記』は、この時代を知る一級の歴史資料である。何事にも筋を通す態度を貫き、最高権力者・藤原道長に対しても、時に批判的な姿勢を見せている。

　敦成親王の五十日祝いの際、式部は珍しく自分の方から、柱に寄りかかって女房たちの姿を眺めている実資に声を掛け、とりとめのない会話を交わしているが、実資のことを、当世風に気取った他の人たちとは違って立派だと褒めそやしている。実資は祝賀の歌を即興で読む順番が来るのをびくびくしていて、いよいよ回ってきた時には、言い古された「千代万代」の祝い唄で済ましましたが、大学者のそんな様子が式部には好ましく感じられたのだろう。

■同僚の女房ら
小少将の君

　源時通の娘で倫子の姪。中宮女房。式部の最も仲が良かった仕事仲間で、容姿はとても可愛らしく、物腰は奥ゆかしく、遠慮がちで、誰かに意地悪されたら、気に病んで死んでしまいそうな、弱々しく子供っぽいところもある——

——そんな彼女を式部は、2月頃のしだれ柳のようだと評している。

　水鳥を見ても物思いに沈む式部は、小少将の君と文通し、互いの憂いを慰め合う。寛弘5年（1008）11月17日、式部は、敦成親王の出産を終え土御門殿から内裏（一条院）へ還啓する中宮彰子に従った。その夜、与えられた部屋で小少将の君と、綿入れを重ね着して火を起こし、宮仕えの辛さをぐちりながら、寒さに耐えていると、そこへ藤原実成、源経房、藤原公信が次々とやってきて声をかけるが、式部と小少将の君は彼らの応対をするのもめんどくさく感じる。やがて彼らは、「今夜はがまんできないほど寒いので、明朝出直してきましょう」と言って、それぞれの女の待つ家へ帰っていった。式部は彼らを見送りつつ、改めて上品で美しい小少将の君が、父親が出家したために不幸が始まって、自分と同様に世をはかなんでいるのを悲しく思うのだった。

　寛弘7年（1010）正月15日、敦良親王の五十日祝いが催され、実家に帰っていた式部は、明け方に参上したが、小少将の君はすっ

安倍晴明像（晴明神社／地図44頁）

陰陽師　安倍晴明（921〜1005）

　『紫式部日記』には、中宮彰子の初産の際、土御門殿に祈祷師、僧侶とともに陰陽師も呼ばれ、揃って仰々しく物の怪退散の祈祷を行う様子が描かれている。陰陽師と言えば安倍晴明が有名だが、残念ながらその3年前に亡くなっていた。

　生前は一条天皇や藤原道長の信頼が厚く、『小右記』によると、正暦4年（993）2月、一条天皇が急病に臥せった時、晴明が禊を行うとたちまち回復したため、正五位上に叙されている。また、寛弘元年（1004）7月、深刻な旱魃が続いたため、晴明に五龍祭を行わせたところ、雨が降ったので、一条天皇から被物が与えられたと『御堂関白記』にある。晴明の没年の前後に、式部は出仕しているから、ひょっとしたら、晴明と面識があったかもしれない。

かり夜が明けてから遅刻して参上。2人はいつも同じ部屋に几帳だけを隔てて一緒にいるのだが、そんな2人を道長が見て、「お互いが知らぬ人（男）を誘い入れたらどうする」とずけずけ聞いた。しかし、2人にしてみれば、そんな隠し事はないので、安心なのだった。小少将の君の没年ははっきりしないものの、若くして早世したようで、式部は『紫式部集』の中で彼女の死を嘆く歌をいくつか残している。

宰相の君（藤原豊子）

　藤原道綱の娘。中宮彰子の従姉妹。同じ中宮女房で式部と仲が良かった。ある日、式部が宰相の君の部屋を覗いてみると、彼女が硯箱に頭をもたせて昼寝をしているところだった。その姿が余りに美しかったので、式部は彼女の口元を覆っている袖をのけて、「まるで、物語の中の女君のようですね」と言うと、宰相の君は

目を開けて、「ヒドイ、寝ている人をいきなり驚かせるなんて」と頬を染めて非難するが、そこがまた実に愛らしかったと式部は書き留めている。

　宰相の君と式部は一緒にいることが多かったようで、頼通に声を掛けられた時（24頁参照）もそうだったが、他にもこんなことがあった。敦成親王の五十日祝いの日の夜、酔っ払う殿方らに危険を感じて、式部と宰相の君が身を隠していると、そこへ酔いの回った道長がやって来て、几帳を取り払い、祝いの和歌を一首ずつ詠め、と言う。もちろん、式部は即座に一首読んで、道長を感心させたのだった（図6参照）。

大納言の君（源廉子）

　参議・源扶義の娘で倫子の姪。中宮女房。式部が久しぶりに里帰りをした時、彼女は昔の友達と会うのも気が引け、かつて読んだ物

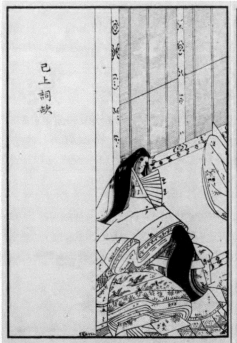
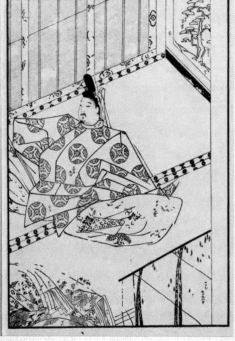

図6　紫式部と宰相の君に歌を詠むよう迫る藤原道長

語を改めて読んでも面白くなく、自分は変わってしまったのかと気が沈んで、逆に宮中の生活が恋しくなる。そこで彼女は、仲の良い同僚の大納言の君に歌を送る。中宮様の御前近くで、一緒に添い寝したことが恋しくて、里居の寂しさが身に染みると訴えると、大納言の君も、番の鴛鴦（つがい　おしどり）のようにいつも一緒にいたあなたのことが恋しくてならないと返してきたのだった。大納言の君はたいへん小柄で可愛らしく、色白で小太り、美しい髪は長く、背丈に3寸（約9cm）ほど余っている、と式部は彼女の容姿を描写している。

馬の中将（うまのちゅうじょう）

左馬頭（さまのかみ）・藤原相尹（すけまさ）の娘。内裏の女房。寛弘5年（1008）11月17日、式部は、出産を終えた中宮彰子が土御門殿から一条院内裏へ還啓するのに従った。その際、彰子の御輿の後、彰子の母・倫子、若宮（敦成親王）と乳母の順で車が出発し、次が大納言の君と宰相の君、そして、その次が式部と馬の中将だった。馬の中将は、身分が格下の式部と同じ車になったのが面白くない様子で、車を降りた後たどたどしく歩く彼女を見て、式部はますます宮仕えをわずらわしく思うのだった。

中将の君（ちゅうじょう）（斎院女房）（さいいん）

斎院の長官・源為理の娘。母は大江雅致の娘で和泉式部の姉妹。当時の斎王（斎院）（さいおう）・選子内親王（せんし　ないしんのう）に仕えた。斎王とは、伊勢神宮もしくは賀茂神社に奉仕した未婚の皇女のこと（それぞれ斎宮、斎院と呼ばれた）。選子内親王（964〜1035）は村上天皇の第10皇女で、天延3年（975）（てんえん）から長元4年（1031）（ちょうげん）まで56年の長きにわたって斎王を務めた。中将の君が誰かに書いた手紙を式部が見る機会があり、その中で、優れた歌を詠むような風流な人物は、静かな環境で斎院に仕える女房の中から生まれる、と自信たっぷりに書いてあったので、式部は、中宮彰子のもとには斎院の女房より優れた女房がいると大いに反発している。なお、『源氏物語』には、斎王として六条御息所の娘（斎宮）、朝顔の姫君（斎院）、女三の宮（さんのみや）（斎院）の3人が登場する。

平安時代に斎院の置かれた櫟谷七野神社。御神木のクロガネモチは樹齢500年といわれる（地図48頁）

平安京の玄関口 東寺

東寺を中心とするエリアで、平安京の正門である羅城門の跡碑や、厨子王ゆかりの権現寺、源経基を祀る六孫王神社などがある。

☎075-691-3325　京都市南区九条町1
アクセス：市バス「東寺東門前」よりすぐ
時間：8時〜17時（宝物館、観智院は9時〜）
受付は30分前まで
料金：500円（金堂・講堂）特別公開は別途
駐車場あり（有料）

真言密教の祈祷を行う
東寺（教王護国寺）
（きょうおうごこくじ）

　延暦15年（796）、王城鎮護の寺として、羅城門の東側に建てられた（西側には西寺が建てられたが、その後廃絶）。弘仁14年（823）、空海に下賜され、真言密教の道場となる。『紫式部日記』には、中宮彰子の安産を祈願して、真言密教の祈祷「五壇の御修法」が行われたとある。また、源氏物語第10帖「賢木」では、光源氏が「五壇の御修法」の最中に朧月夜と密会しようとする。現在も東寺では、毎年年初に国の安泰を祈る「後七日御修法」が催される。

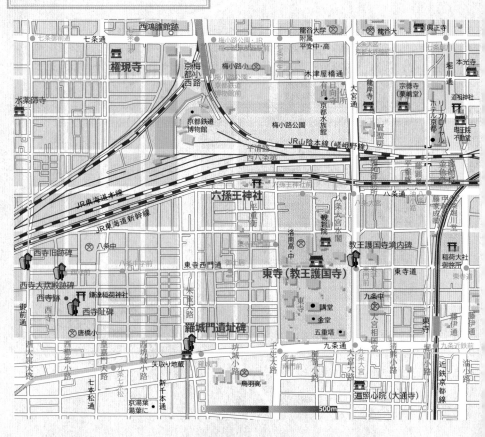

紫式部の生前に倒壊
羅城門跡

　平安京の羅城門は、朱雀大路の南端にあった都の正門で、その規模は、幅約35m、高さ約21m、奥行約9mと考えられている。羅城とは城壁のことだが、四周に城壁のあった中国の都と異なり、平安京の城壁は羅城門の両翼のみであったとされる。天元3年（980）の暴風による倒壊後再建されず、藤原道長は法成寺を創建する際、羅城門の石を運ばせたという。

厨子王が逃れた寺
権現寺

　9世紀半ば、奈良の元興寺から勝軍地蔵を七条朱雀に遷したのが始まりとされる。歓喜寺、広幡院とも称され、説話『山椒大夫』に登場する厨子王が、丹波から逃れてきた寺ともいわれる。山椒大夫は、雅な『源氏物語』とは対極にある人買いの話。山椒大夫の追っ手が、厨子王の隠れていたつづらを槍で突くが、地蔵尊の胴に当たって、厨子王は難を逃れる。この話にちなんで、当寺の地蔵は「身代わり地蔵」と呼ばれる。

☎075-313-5203　京都市下京区朱雀裏畑町22
アクセス：JR「梅小路京都西」駅から徒歩4分
時間：9時～16時半（季節により異なる）
料金：境内自由　駐車場なし

臣籍降下した源経基を祀る
六孫王神社

　応和3年（963）、源満仲が父・源経基を祭神（六孫王大神）として、創建したと伝わる。経基は清和天皇の孫で、六孫王と称したが、『源氏物語』の主人公・光源氏と同様、臣籍降下して初代の清和源氏となった。満仲は摂関家に仕え、息子の源頼宜は、平維衡・平致頼・藤原保昌と共に「藤原道長の四天王」の1人に数えられている。毎年10月の体育の日に例祭「宝永祭」が行われる。

☎075-691-0310　京都市南区壬生通八条角
アクセス：JR・近鉄電車「京都」駅より徒歩13分
料金：境内自由　駐車場あり

市と迎賓の地 西本願寺界隈

西本願寺周辺のエリアで、東市・東鴻臚館の跡や五条天神社など平安時代初期の旧跡のほか、『源氏物語』を具現展示する風俗博物館がある。

六条院「春の御殿」の模型を展示
風俗博物館

『源氏物語』に関する博物館。昭和48年（1973）に日本の風俗・服飾を展示する博物館としてオープンした。光源氏の邸宅・六条院の「春の御殿」を4分の1に縮小した模型がつくられ、光源氏やその恋人、女房らの人形を用いて『源氏物語』の様々なシーンが具現展示されている。また、『竹取物語』の「かぐや姫の昇天」の展示もあり、平安時代の貴族の服装や暮らしぶりが観賞できる。

☎075-342-5345　京都市下京区住吉町50　井筒佐女牛ビル5階
アクセス：市バス「西本願寺前」より徒歩3分
時間：10時～17時　日曜・祝日・お盆・6～7月・12月1～23日休み　料金：500円　駐車場なし

東西にあった官営の市場
東市跡

平安京では左京と右京に、それぞれ官営の東市と西市があり、市司により運営されていた。月の前半は東市、後半は西市が営業するよう決められ、扱う品物も両市で異なっていた。西市は西大路七条の東北にあったが、早くに衰退したといわれる。東市は西本願寺付近にあったとされ、鎌倉時代まで存続した。龍谷大学大宮キャンパス内に発掘調査の解説板が立つ。

光源氏が人相占いをされた
東鴻臚館跡

鴻臚館は外国使節を接待する施設で、延暦13年（794）の平安遷都とともに設置された。当初は羅城門の両側にあったが、東寺・西寺の建立に伴い、七条の朱雀大路を挟んで東西に移転された。平安時代に来朝したのは主に渤海国で、926年に渤海が滅ぶと鴻臚館も衰え、鎌倉時代には消失した。『源氏物語』第1帖「桐壺」では、光源氏が鴻臚館滞在の高麗人の人相見に「帝となると国が乱れる」と観相される。東鴻臚館の跡碑が、角屋もてなし文化美術館の前に立つ。

洛中最古の神社
五条天神社
(ごじょうてん)

　延暦13年（794）、平安遷都の際、桓武天皇の命により空海が大和国宇陀郡から天つ神を勧請したのが起源と伝わり、洛中最古の神社とされる。当初は「天使の宮」「天使社」と称し、病気退散の神として信仰を集め、空海と最澄も唐へ出発する前、当神社で無事の帰国を祈願したという。また、この辺りに広がっていた鎮守の森で、源義経と弁慶が出会い、戦ったという伝承もある。

☎075-351-7021　京都市下京区天神前町351-2
アクセス:市バス「西洞院松原」よりすぐ
時間:7時〜18時
料金:境内自由　駐車場なし

六条院のモデルの地 東本願寺界隈

東本願寺の東から北にかけてのエリアで、六条院ゆかりの源融河原院跡、渉成園（枳殻邸）のほか、夕顔之墳や平等寺（因幡薬師）がある。

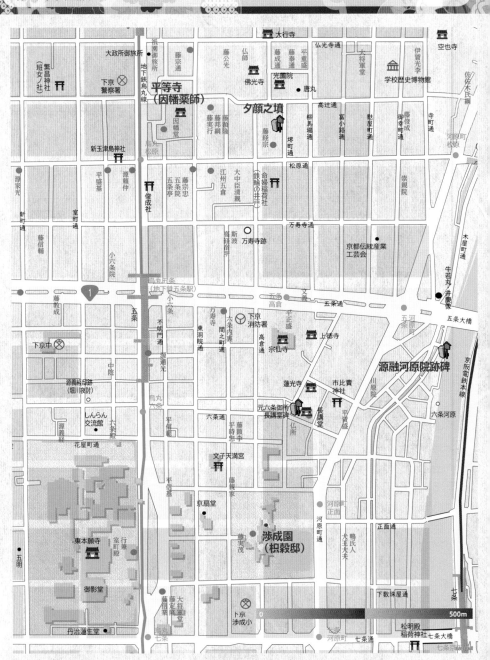

六条院のモデルの一つ
源 融河原院跡

河原院跡は、嵯峨天皇の皇子で『源氏物語』の主人公・光源氏のモデルともいわれる源融が、晩年隠棲した邸宅。北は現在の五条通、南は正面通、西は柳馬場通、東は鴨川を範囲とする広大な敷地を有し、苑池も備えた景勝地であったと伝わる。室町時代に四辻善成によって書かれた源氏物語の注釈書『河海抄』では、光源氏の邸宅「六条院」のモデルの一つとされている。

源融の供養塔がある
渉成園（枳殻邸）

東本願寺の別院で、屋敷の周囲にカラタチ（枳殻）が植えられていることから、枳殻邸とも称される。寛永18年（1641）、徳川家光から東本願寺に当地が寄進され、石川丈山らにより池泉回遊式の庭園が造営された。園名は陶淵明の詩『帰去来辞』の一節「園日渉而以成趣」にちなんで付けられた。源融の邸宅・河原院の故地とも伝わり、園内には源融の供養塔と河原院ゆかりの塩釜の手水鉢がある。

☎075-371-9210　京都市下京区東玉水町300
アクセス：市バス「烏丸七条」より徒歩5分
時間：9時〜17時（11〜2月は〜16時）受付は30分前
　まで　料金：500円　駐車場あり

清少納言の義弟が創建

平等寺（因幡薬師）

長徳3年（997）、因幡国司をしていた橘 行平が夢告を受け、海中から薬師如来像を引き上げ、帰京後、当地に祀ったのが起源とされる。以来、平安京内にある町堂として、町衆から皇族まで広く信仰を集めた。現在はがん封じとしても知られる。ちなみに、行平の兄・橘則光は清少納言の夫で、清少納言の著した『枕草子』では、和歌に弱く、和歌を詠みかけるなら絶交するという、気弱な人物として登場する。

夕顔宅の跡とされる

夕顔之墳

『源氏物語』第4帖「夕顔」に登場する悲劇のヒロイン・夕顔の家があった場所とされ、住宅街の一角に碑が立つ。もとより夕顔は架空の人物であるが、当地の地名も夕顔町である。光源氏が夕顔の家に泊まった日の翌日、彼女は嫉妬した物の怪（六条御息所の生霊とも）に取りつかれて死んでしまうが、当地の近くには、夫の浮気相手を貴船への「丑の刻参り」で呪い殺そうとした「鉄輪の女」にちなむ「鉄輪の井戸」もある。

☎075-351-7724
京都市下京区因幡堂町728
アクセス：市バス「烏丸松原」よりすぐ
時間：6時〜17時
料金：境内自由　駐車場なし

「京都のへそ」に当たる地 烏丸御池（からすま おいけ）

地下鉄烏丸御池駅から東南に広がるエリアで、繁華街の中に頂法寺（六角堂）、誓願寺、誠心院などの寺院や京都文化博物館がある。

『小右記』に参詣の記録が頻出
頂法寺（六角堂）（ちょうほうじ（ろっかくどう））

天台宗の寺院で、本堂の形が六角形であることから、六角堂と呼ばれる。聖徳太子による創建と伝わるが、六角堂の名が記録に現れるのは、平安時代中期以降で、藤原道長の日記『御堂関白記』（みどうかんばくき）に「六角小路」の表記があり、また、『紫式部日記』にも登場する藤原実資（さねすけ）が著した『小右記』には、六角堂への参詣が何十ヵ所も出てくる。「京都のへそ」と呼ばれ、境内にはへそ石がある。

☎075-221-2686　京都市中京区堂之前町248
アクセス：京都市営地下鉄「烏丸御池」駅より徒歩5分
時間：6時〜17時
料金：境内自由　駐車場あり（有料）

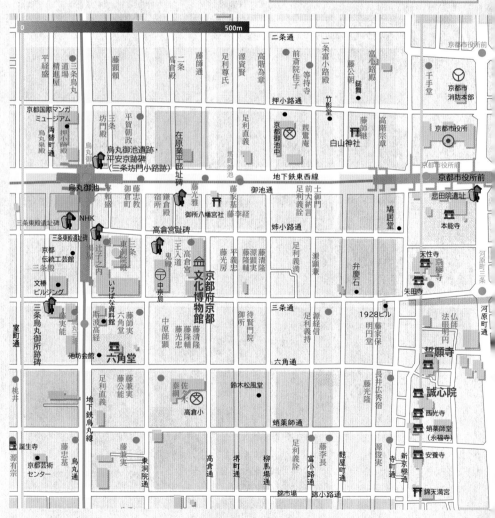

頂法寺（六角堂）

「女性往生の寺」と呼ばれる　誓願寺

　天智天皇6年（667）に天皇の勅願により、奈良で創建された寺院で、平安時代には清少納言や和泉式部などの信仰を受けたため、「女性往生の寺」ともいわれる。その後、法然上人が譲り受け、浄土宗の寺として京都一条小川に移転し、天正19年（1591）、豊臣秀吉の京都改造により、現在地に再移転した。清少納言も和泉式部も、奈良にあった当時の誓願寺で出家し、近くに庵を結んだといわれる。

☎075-221-0958　京都市中京区新京極桜之町453
アクセス：阪急電車「京都河原町」駅より徒歩7分
時間：9時〜17時
料金：境内自由　駐車場なし

京都の歴史と文化に親しめる
京都文化博物館

　昭和63年（1988）に平安建都1200年記念事業としてオープンした博物館で、京都の歴史と文化の紹介を目的とする。本館2階の総合展示室では、「京の歴史」「京のまつり」「京の至宝と文化」の3つのゾーンが設けられ、平安時代以降の京都の歴史・文化が理解できるよう、映像や資料、文化財などで説明している。なお別館は、明治時代に辰野金吾が設計した煉瓦造の建物で、ホール・ギャラリーとして利用されている。

☎075-222-0888　京都市中京区三条高倉
アクセス：京都市営地下鉄「烏丸御池」駅より徒歩3分
時間：総合展10時〜19時半（特別展は〜18時、金曜のみ〜19時半）　月曜（祝日の場合翌日）・年末年始休
料金：総合展は500円　特別展は展覧会により異なる
駐車場利用中止中

和泉式部が住職を務めた　誠心院

　紫式部と同様、中宮彰子に仕えた和泉式部は、娘・小式部内侍の死をきっかけに誓願寺で出家した。万寿4年（1027）、彰子が父・藤原道長に和泉式部のために一宇を建立するよう勧めた結果、道長は法成寺の塔頭・東北院の一角に東北院誠心院という御堂を建て、和泉式部を初代住職とした。これが誠心院の起源とされ、その後、秀吉の京都改造により現在地に移転。境内には和泉式部の墓とされる宝篋印塔と歌碑がある。

☎075-221-6331　京都市中京区中筋町487
アクセス：阪急電車「京都河原町」駅より徒歩7分
時間：7時〜18時
料金：境内自由　駐車場なし

紫式部が生まれ勤めた地 京都御苑

京都御苑を中心とするエリアで、御苑内に京都御所、土御門殿跡、枇杷第跡が、御苑の東側には廬山寺や梨木神社、法成寺跡などがある。

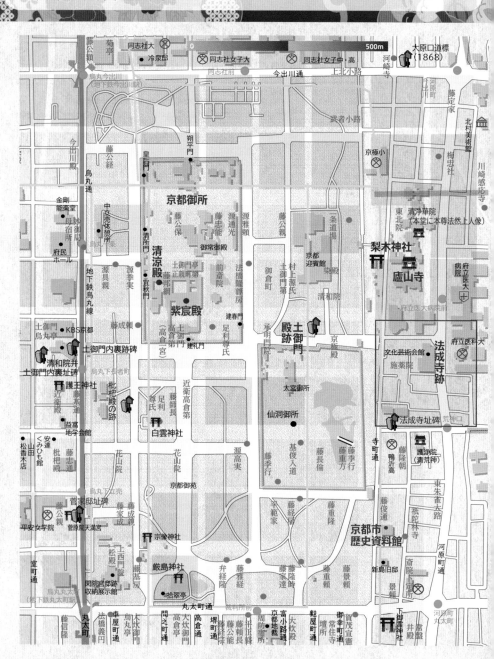

室町時代から明治維新までの内裏
京都御所

現在の京都御所は、室町時代の初期から明治維新まで約500年にわたって、天皇が居住し、儀式・公務を行った場所。平安時代には千本通り沿いに内裏があり、中期以降は里内裏（天皇外戚の邸宅など）に機能が移った。京都御所の起源は、里内裏の土御門東洞院で、元弘元年（1331）に光厳天皇がここで即位して以降、事実上の内裏となった。通年公開されており、紫宸殿や清涼殿などが見学できる。

☎075-211-1215（宮内庁京都事務所　参観係）
京都市上京区京都御苑3
アクセス：京都市営地下鉄「今出川」駅より徒歩3分
時間：拝観・見学は宮内庁のHPを参照
料金：参観無料　駐車場あり（有料）

「桜の宴」が催された
紫宸殿

京都御所内にあるかつての内裏の正殿で、天皇の即位や元服、立太子など重要な公的行事が行われた。『源氏物語』第1帖「桐壺」では、桐壺帝の第1皇子（後の朱雀帝）の元服の儀が催されている。前庭には、「左近の桜・右近の橘」が植えられ、光源氏と朧月夜が出会う第8帖「花宴」は、紫宸殿での桜の宴から始まる。

光源氏が「青海波」を舞った
清涼殿

京都御所内の紫宸殿の北西にあって、東向きに建つ。かつて天皇が日常生活を行った御殿。『源氏物語』第1帖「桐壺」では、12歳の光源氏が清涼殿で元服する。また、第7帖「紅葉賀」では、清涼殿で御前の試楽が行われ、光源氏の子を宿す藤壺が、光源氏が舞う「青海波」の舞を苦しい思いで眺める場面がある。

紫式部が仕えた中宮彰子の実家
土御門殿跡

土御門殿は源雅信によって建てられ、雅信の娘・倫子と藤原道長の結婚に伴い、道長の居所となったとされる。広大な敷地に寝殿造りの建物と池のある庭園を備えていた。道長の娘で一条天皇の中宮彰子は、ここで敦成親王（後一条天皇）と敦良親王（後朱雀天皇）を産んでおり、彰子に仕えた紫式部は、『紫式部日記』の中で土御門殿の様子を詳しく描写している。『源氏物語』では、光源氏の邸宅である二条院や六条院のモデルになったとされる。なお、御苑内には一条天皇の里内裏の一つ、枇杷殿の跡もある。

空蝉・花散里も住んだ別荘地
梨木神社（なしのき）

明治18年（1885）、三条實萬を祭神として創建され、その後實萬の子・實美が合祀された。境内には多くの萩が植えられ、「萩の宮」とも称される。当地は、藤原北家隆盛の礎を築いた藤原良房の邸宅「染殿第（そめどのだい）」があったとされる。境内にある井戸の水は「染井の水」と呼ばれ、京都三名水の一つ。平安時代、梨木神社の付近は中川と呼ばれ、貴族の別荘が立ち並んでいた。『源氏物語』では花散里（第11帖「花散里（はなちるさと）」）と空蝉（第3帖「空蝉（うつせみ）」）の邸宅は中川にあったとされている。

☎075-211-0885　京都市上京区染殿町680
アクセス:市バス「府立医大病院前」より徒歩3分
時間:9時～16時半(社務所)
料金:境内自由　駐車場なし

藤原道長が最期を迎えた場所
法成寺跡（ほうじょうじ）

法成寺は、晩年病に苦しみ寛仁3年（1019）に出家した藤原道長が、自らの僧房として土御門殿の東に築いた摂関期最大級の寺院。寺内の阿弥陀堂（無量寿院）には、金色の阿弥陀如来9体が安置された。万寿4年（1027）、道長は法成寺において、阿弥陀仏と自分の手を5色の糸で結び、西方浄土を願いながら往生したといわれる。

紫式部生誕の地
盧山寺（ろざんじ）

天慶年間（938～947）、延暦寺中興の祖・良源が、船岡山の南麓に創建した寺院が起源とされ、豊臣秀吉の寺町建設により、現在地に移転した。当地は、紫式部の祖父である藤原兼輔（かねすけ）の邸宅があった場所で、式部もそこで生まれたとされる。『紫式部日記』には、宮中出仕後、たびたび里帰りしたことが記されており、式部はここで『源氏物語』を執筆したといわれ、境内には「源氏の庭」と呼ばれる庭園がある。

☎075-231-0355　京都市上京区北之辺町397
アクセス:市バス「府立医大病院前」より徒歩3分
時間:9時～16時　1/1・2/1～2/9・12/31休
料金:500円　駐車場あり

☎075-241-4312　京都市上京区松蔭町138-1
アクセス:市バス「河原町丸太町」より徒歩5分
時間:9時～17時
月曜・祝日・年末年始・展示替期間休
料金:無料　駐車場なし

京都の歴史資料・図書を収蔵
京都市歴史資料館

昭和57年（1982）11月にオープンした施設で、京都の歴史に関する調査・研究と、歴史資料の収集・保存及びそれらの活用を目的とする。京都市の歴史資料や図書を収蔵し、その中には『源氏物語』第9帖「葵」の一場面を描いた「源氏物語車争図屏風（くるまあらそいずびょうぶ）」が含まれる。テーマ別の特別展・企画展も行い、所蔵図書の閲覧も可能。

源氏物語の植物に触れる 植物園

京都府立植物園を中心とするエリアで、園内には上賀茂神社の末社である半木神社が、園の東側には京都府立京都学・歴彩館がある。

半木神社

園内に半木神社が鎮座する
京都府立植物園

　24haの敷地に約12000種、12万本の植物が植えられ、『源氏物語』で取り上げられた植物の多くを見ることができる。また、園内には上賀茂神社の末社・半木神社があり、もとは織物業の神として信仰されていた。植物園西側の賀茂川沿いの道は「半木の道」と名付けられ、春には800m続く桜のトンネルが楽しめる。

☎075-701-0141　京都市左京区下鴨半木町
アクセス：京都市営地下鉄「北山」駅よりすぐ
時間：9時〜17時（受付〜16時）、温室10時〜16時（受付〜15時半）
年末年始休　料金：200円（温室同額別途料金）　駐車場あり（有料）

☎075-723-4831
京都市左京区下鴨半木町1-29
アクセス：京都市営地下鉄「北山」駅より徒歩4分
時間：9時〜21時（土日は〜17時）　祝日・第二水曜・年末年始休
料金：　駐車場あり（有料）

『御堂関白記』が閲覧できる
京都府立京都学・歴彩館

　図書館・文書館・博物館を兼ね備えた総合文化施設。国宝の東寺百合文書はじめ多くの古文書を所蔵する。また、陽明文庫（地図70頁）が所蔵する、藤原道長直筆の日記『御堂関白記』（国宝）などのデジタルデータを閲覧することができる。同日記は995年から1021年までの記録で、『源氏物語』の時代を知る上でも貴重な資料となっている。

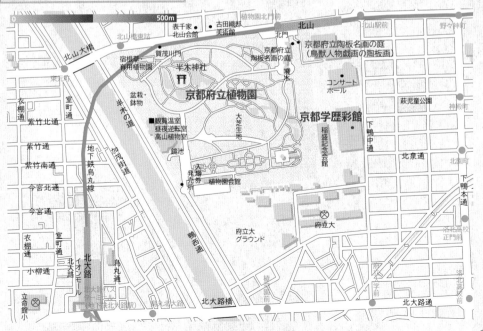

深遠な「糺の森」が広がる 下鴨

賀茂川と高野川の合流付近のエリアで、糺の森を含む下鴨神社の境内が広がり、
その西側には慰霊の神社・上御霊神社がある。

御手洗池

御手洗池で斎王代の禊が行われる
下鴨神社

　正式には賀茂御祖神社といい、上賀茂神
社（賀茂別雷神社）とともに賀茂氏の氏神を
祀り、両者を合わせて「賀茂社」と総称される。
毎年5月15日に催される例祭・葵祭は、京
都三大祭の一つに上げられる。同祭の前儀と
して、境内の御手洗池では（上賀茂神社と1
年交代で）斎王代の禊が行われる。『源氏物
語』第9帖「葵」では、光源氏が賀茂祭（葵祭）

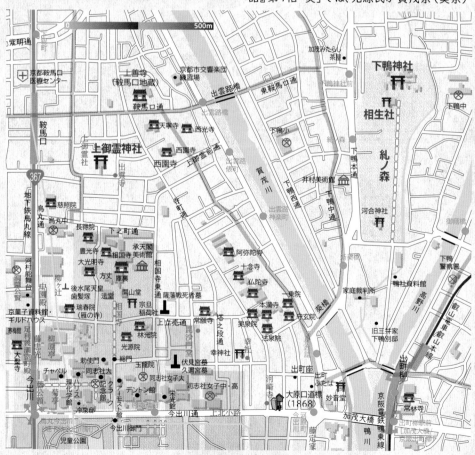

の御禊行列に参加、それを見物に来た葵の上と六条御息所の伴の者同士が「車争い」をする場面がある。

☎075-781-0010　京都市左京区下鴨泉川町59
アクセス:京阪電車「出町柳」駅より徒歩12分
時間:開門6時半〜17時(季節により変更)
料金:境内自由　大炊殿(神様の台所)・井戸屋形見学は500円　駐車場あり(有料)

光源氏の歌にも出てくる
糺の森

　下鴨神社の境内にあり、賀茂川と高野川の合流点に形成された原生林。約12haの広さがあり、ケヤキやエノキ、ムクノキなどニレ科の広葉樹を中心に、約40種4700本の樹木が生育する。毎年葵祭の3日前に催される御蔭祭では、6人の舞人による舞楽「東遊」が林内で披露される。『源氏物語』第12帖「須磨」では、須磨に退去する光源氏が「うき世をば 今ぞ離るる 留まらむ 名をばただすの 神にまかせて」という歌を詠んでいる。

恋愛成就のパワースポット
相生社

　下鴨神社の末社の一つ。縁結び・安産の神「産霊神」を祀る。御神木は2本の木が途中から1本に結ばれ、根元には子どもの木が生えている。「連理の賢木」として崇められ、現在も恋愛成就のパワースポットとなっている。祈願には、社と御神木の周りを回ってから絵馬を奉納する特別な作法がある。

非業の死を遂げた霊を祀る
上御霊神社

　延暦13年(794)、桓武天皇が疫病の流行を鎮めるため、非業の死を遂げた早良親王(崇道天皇)の御霊を当地に祀ったのが始まりとされる。その後、貞観5年(863)に神泉苑で崇道天皇はじめ6人を慰霊する御霊会が催され、それが、当社と下御霊神社の創祀とされている。平安時代、天変地異は御霊の祟りと考えられており、『源氏物語』にも六条御息所の怪異などその風潮が色濃く表れている。

☎075-441-2260
京都市上京区上御霊前通烏丸東入上御霊竪町495
アクセス:京都市営地下鉄「鞍馬口」駅より徒歩3分
時間:7時〜日没
料金:境内自由　駐車場あり

禁苑・後院・勉学の地 神泉苑（しんせんえん）

禁苑の遺構・神泉苑を中心とするエリアで、天皇退位後の住居であった冷泉院や朱雀院、夕霧が勉学した大学寮などの跡碑がある。

冷然院跡碑

郁芳門

雑訴決断所

西院　東院

廬院

冷泉院

高階為章

堀河天皇里内裏跡碑
（関白藤原兼通の藤原基経邸（堀河院（堀川殿））を改修、円融・白河・堀河・鳥羽天皇里内裏）

二条中

民部省

式部省

朱雀高

二条城

応天門

千本今出川

豊楽門

侍従所

大舎人寮

雅楽寮

美福門

藤邦綱

王臣城門

本家

二条城

本家

樺正台

兵部省

朱雀門

平安京大内裏
朱雀門址碑

中京中

久我通光

二ノ丸庭園

二ノ丸御殿

神泉苑
東端線碑

三条城前

藤原道綱

堀川通

毅倉院

軍着門

二条

大学寮

弘文院址碑
（和気広世創建）

大学寮址碑

神泉苑

二条城前

千本通

二条駅前

平安京
朱雀大路と
朱雀門碑

左京職

弘文院

神泉苑

御池通

神泉苑前

中京区
総合庁舎

藤顕頼

堀川御池

BiVi二条

右京職

二条陣屋

クラフト
やまむら

御子左第

藤忠親

佛教大
二条キャンパス

小倉町

勧学院

学問院

勧学院址碑
（藤原冬嗣創建、
藤原氏大学別曹）

千本三条・
朱雀立命館前

三条通

懐信法眼房

三条通

藤忠親

源雅頼

蔡家成

立命館大
朱雀キャンパス

後院通

藤憲方

武信稲荷神社

兵角通

中山神社
中山内府威蹟地碑

朱雀
第一小

供養堂

おもちゃ映画
ミュージアム

六角獄舎跡

李時人道

普想寺

正運寺

朱雀院

四条坊門小路跡碑

藤国明
みぶ操車場版

中京警察署

仏師
法眼院慶

洛中小

大宮通

黒門通

蛸薬師通

源俊隆

蛸薬師

猪熊通

葛屋通

堀川通

細川氏

堀川通

源顕

四条堀川

菅原貞衛

藤家成

安国寺

法花堂

壬生川通

錦小路通

藤基房

四条通

朱雀院跡碑

千本通

阪急電車京都本線

壬生寺通

大宮

四条大宮

藤顕方

光縁寺

藤仲実

四条中新道

櫟神社

元祇園梛神社

壬生人道

四条大宮

0　　　　　　　　　　　500m

42

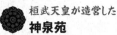
桓武天皇が造営した
神泉苑

東寺真言宗の寺院であるが、もとは平安遷都の時期に桓武天皇が造営した、法成就池を中心とする大規模な禁苑（天皇のための庭園）であった。池には水をつかさどる竜神が棲むと言われ、西寺の守敏と東寺の空海が祈雨の修法を競い、空海が勝利したという伝説がある。貞観5年（863）、都に疫病が流行り、神泉苑で御霊会が行われたが、これが日本三大祭りの一つ、祇園祭に繋がったといわれる。

冷泉帝が行幸した
朱雀院跡

朱雀院は、平安時代初期に成立した後院の一つ。宇多天皇、朱雀天皇が退位後に利用した。天暦4年（950）火災に遭い、村上天皇により再興されたが、その後荒廃した。紫式部が生きた時代にはまだ存在したと考えられ、『源氏物語』第7帖「紅葉賀」では、桐壺帝が朱雀院へ行幸する際、同行できない藤壺のために、光源氏らが宮中で舞楽を催し、また、第21帖「少女」では、冷泉帝が朱雀院へ行幸する場面がある。

☎075-821-1466　京都市中京区門前町166
アクセス：京都市営地下鉄「二条城前」駅より徒歩2分
時間：7時〜20時
料金：境内自由　駐車場なし

光源氏が宴を催した
冷泉院跡（元冷然院）

冷泉院は、平安時代初期に嵯峨天皇が自らの後院（退位後の住居）として造営した邸宅。現在の二条城の北東部に位置し、寝殿造の建物で池の左右に釣台があったという。その後、仁明、文徳、冷泉など歴代天皇が後院や里内裏として利用したが、11世紀半ば以降、衰亡した。『源氏物語』第38帖「鈴虫」では、冷泉院（退位後の冷泉帝）の招きを受けた光源氏らが、冷泉院の邸宅（冷泉院）へ赴き、詩歌の宴を催す場面がある。

夕顔が勉学に励んだ
大学寮跡

大学寮は、式部省（現在の人事院に当たる）直轄の官僚養成機関で、官僚候補の学生の教育・試験などを行った。大学寮で紀伝道（漢文や歴史を学ぶ学科）を修めると文章生となり任官した。紫式部の父・藤原為時は文章生であった。『源氏物語』第21帖「少女」で、光源氏は元服した息子の夕霧を、敢えて六位という低い位に付け、大学寮に入れて勉学させる。

安倍晴明ゆかりの地 西陣

一条天皇の里内裏で紫式部が出仕した一条院の跡があるエリアで、安倍晴明ゆかりの晴明神社や蹴鞠で有名な白峯神宮などがある。

陰陽師・安倍晴明を祀る
晴明神社

　陰陽師・安倍晴明が死去して2年後の寛弘4年（1007）、一条天皇が晴明の功績を称えるため、晴明の屋敷跡に晴明を祀る神社として、創建したとされる。この頃、紫式部は一条天皇の中宮彰子に仕えている。境内には晴明井と呼ばれる井戸があり、湧き出す水は「晴明水」と呼ばれ、無病息災の御利益があるといわれる。また、かつての一条戻橋が、先代の欄干の親柱を使って再現されている。

☎075-441-6460　京都市上京区晴明町806
アクセス：市バス「一条戻橋・晴明神社前」よりすぐ
時間：9時〜17時
料金：境内自由　駐車場なし（周辺に民間あり）

蹴鞠が奉納される
白峯神宮

　崇徳天皇を祀るため、明治天皇の命により慶応4年（1868）に創建された神社。もとは公家・飛鳥井家の屋敷地で、そこにあったとされる飛鳥井は、『枕草子』の中で、9つの代表的な井戸の一つに上げられている。また、飛鳥井家は蹴鞠に通じていたことから、現在は球技の守護神として関係者から崇められ、毎年4月14日と7月7日には、境内で蹴鞠保存会による蹴鞠奉納が行われる。『源氏物語』第34帖「若菜上」では、夕霧や柏木らが蹴鞠に興じる場面がある。

☎075-441-3810　京都市上京区飛鳥井町261
アクセス：市バス「堀川今出川」よりすぐ
時間：8時〜17時
料金：境内自由　駐車場あり

紫式部が出仕した里内裏
一条院跡

　一条院は、もと藤原伊尹（道長の伯父）の所有であったが、その後、藤原詮子（東三条院／道長の姉）に寄進され、詮子の子・一条天皇が、内裏焼亡時にたびたび里内裏とした。紫式部が一条天皇の中宮彰子に仕えていた期間は、ほとんど一条院が皇居となっており、『紫式部日記』で描かれる内裏は、一条院のことと考えられている。康平元年（1058）焼失後の推移は不明。

「桃園宮」の地に建つ
京都市考古資料館

　京都市内で発掘された埋蔵文化財を中心に展示するとともに、講習会やイベントなども行う施設として、昭和54年（1979）に開館。時代別、テーマ別にコーナーが設けられ、平安時代の土器変遷コーナーなどもある。また、玄関ホールのガラス面には、羅城門を20分の1に縮小した復元図が描かれている。建物は大正3年（1914）建築の旧西陣織物館を改修したもの。なお、『源氏物語』第20帖「朝顔」で、朝顔の姫君の住む「桃園宮」は、当地付近にあったと想定されている。

☎075-432-3245　京都市上京区元伊佐町265-1
アクセス：市バス「今出川大宮」より徒歩2分
時間：9時〜17時（入館は〜16時半まで）　月曜（祝日の場合翌日）・年末年始休
料金：無料　駐車場あり

千本丸太町を中心とするエリアで、旧大内裏の大極殿、朱雀門の跡碑や、平安京の模型を展示する京都市平安京創世館などがある。

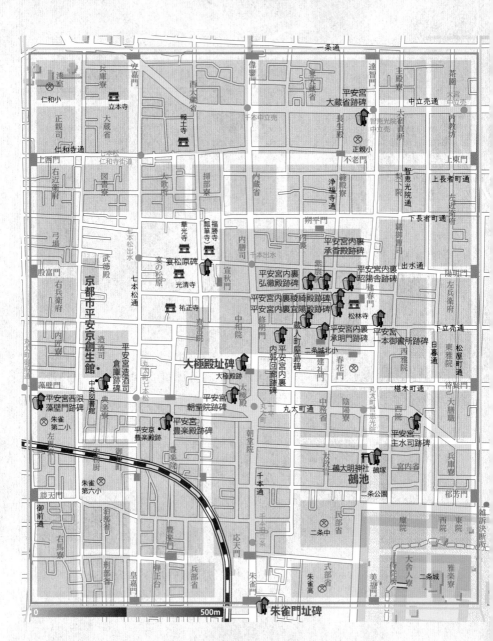

朝廷の正殿
大極殿跡

大極殿は、大内裏の正庁である朝堂院の正殿で、即位の大礼や国家的儀式が行われた。長保3年（1001）3月10日には、疫病退散のため、「百座の仁王講」が行われている。大内裏は東西約1.2km、南北約1.4kmの広さがあり、天皇の在所である内裏のほか、二官八省の官庁が置かれていた。『源氏物語』に登場する兵部卿宮・式部卿宮は、八省の中の兵部省と式部省のそれぞれ長官を意味する。大内裏はたびたび火災に遭い、安貞3年（1227）の火災以降は荒廃し、内野と呼ばれた。

妖怪退治の鏃を洗った
鵺池

「平家物語」によると、平安時代の終わり頃、天皇の御所である清涼殿に毎夜不気味な鳴き声が響き、それを恐れた天皇が病に伏したので、弓の名人である源頼政が、現れた妖怪・鵺を矢で射ったところ、当地に落下しとどめを刺されたという。この池は、頼政が鵺から矢を抜き、血の付いた鏃を洗ったという池を復元したものとされる。

大内裏の正門
朱雀門跡

朱雀門は、平安京大内裏の南面にある正門。大内裏の周囲は築地の大垣で囲まれ、12の外郭門が設けられていたが、そのうち最も重要な門であった。平安京の正門である羅城門まで、幅約84mの朱雀大路でつながっていた。毎年6月と12月の大祓や天皇即位後の大嘗祭、疫病発生時の綸旨大祓は、朱雀門の前で行われた。長保3年（1001）4月12日には、疫病退散のため「大祓い」が行われている。建暦元年（1211）の倒壊以降、再建されなかったといわれる。

平安京の巨大復元模型を展示
京都市平安京創生館
（京都アスニー1階）

平安京の地理・歴史・文化を紹介する博物館。平安時代に酒・酢を作る役所「造酒司」のあった場所に建つ。平安京の復元模型（1／1000：7.8m×6.6m）や、現在と平安時代の地図を重ね合わせた「平安京イメージマップ」、当時の貴族・庶民の衣食住についての史料・出土品・レプリカ・パネルなどを展示。映像設備や学習クイズパネルなども備えて、平安の暮らしや文化を分かりやすく解説している。

☎075-812-7222
京都市中京区丸太町通七本松西入京都アスニー1階
アクセス：市バス・京都バス・JRバス「丸太町七本松」よりすぐ
時間：10時～17時（入場は10分前まで）　火曜（祝祭日の場合はその翌日）・年末年始休　料金：無料　駐車場あり（有料）

紫式部終焉の地? 船岡山

船岡山は、平安京造営の基準となった山とされ、周辺には源氏物語ゆかりの雲林院や櫟谷七野神社などのほか、紫式部の墓所がある。

失意の光源氏が引き籠った
雲林院

　現在は臨済宗の寺院であるが、もとは、平安時代初期に淳和天皇の離宮・紫野院として造営された。元慶8年（884）、僧正遍照が、官寺「雲林院」とし、鎌倉時代の終わりに大徳寺の塔頭になった。紫式部が晩年住んだとも伝えられ、『源氏物語』第10帖「賢木」では、桐壺院が崩御した後、藤壺に恋情を訴えた光源氏が、拒絶されて雲林院に閉じこもる。

☎075-431-1561　京都市北区紫野雲林院町23
アクセス：市バス「大徳寺前」より徒歩3分
時間：5時半〜16時
料金：境内自由　駐車場なし

斎王が身を清めた斎院跡
櫟谷七野神社

　平安時代の初期、文徳天皇が皇后・藤原明子の懐妊に際し、春日大神を当地に勧請し安産を祈願したところ、無事皇子（後の清和天皇）が誕生した。これが当社の起源と伝わる。その後、賀茂社に奉仕する斎王が身を清める御所（斎院）のあった場所となり、「紫野斎院」と称された。『紫式部日記』では、斎王（斎院）を長く務めた選子内親王の女房・中将の君のことが批判されている。

☎075-462-0132
京都市上京区大宮通盧山寺上る西入社横町277
アクセス：市バス「天神公園前」より徒歩10分
料金：境内自由　駐車場なし

おみくじに源氏物語の和歌が書かれた
今宮神社

　長保3年（1001）、疫病が流行ったため、一条天皇が船岡山に安置されていた疫神を当地に移し、今宮社と名付けたのが始まりといわれる。祭礼として5月に今宮祭が、4月の第2日曜日にやすらい祭が行われる、いずれも、疫病を鎮める御霊会を起源とする。やすらい祭は玄武神社などでも行われ、京都三大奇祭の一つに数えられる。当神社の「和歌おみくじ」には、運勢とともに十二単の姫と『源氏物語』に出てくる和歌が書かれている。

☎075-491-0082　京都市北区紫野今宮町21
アクセス：市バス「今宮神社前」すぐ
時間：9時〜17時（社務所）
料金：境内自由　駐車場あり（有料）

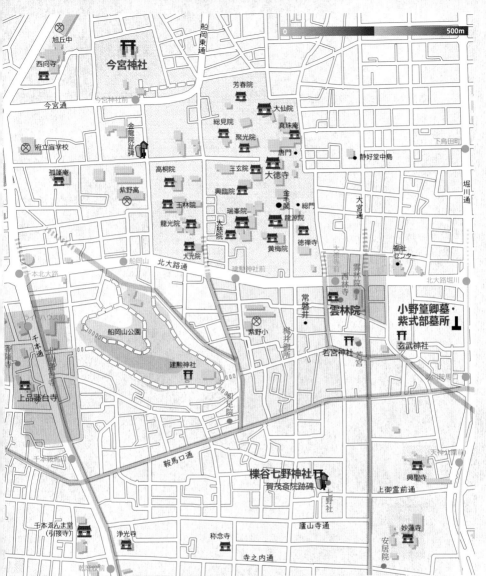

旭丘中
西向寺
今宮神社
今宮通
今宮神社前
芳春院
大仙院
総見院
真珠庵
金龍院跡碑
聚光院
府立盲学校
唐門
大徳寺
静好堂中島
孤篷庵
高桐院
三玄院
紫野高
興臨院
龍光院
玉林院
瑞峯院
大慈院
金毛閣
総門
龍源院
下鳥田町
堀川通
大宮通
大光院
大仙院
黄梅院
徳禅寺
福祉
センター
千本北大路
ライトハウス前
船岡山
北大路通
建勲神社前
西林院
雲林院
北大路堀川
常磐井
千本通
船岡山公園
紫野小
梅井御所
雲林院
小野篁卿墓・
紫式部墓所
玄武神社
上品蓮台寺
建勲神社
若宮神社
若宮
船岡鞍馬
千本鞍馬口
鞍馬口通
天神公園前
興聖寺
妙蓮寺
千本ゑんま堂
(引接寺)
浄光寺
櫟谷七野神社
賀茂斎院跡碑
上野社
称念寺
蘆山寺通
上御霊前通
安居院
寺之内通

🌼 小野篁の墓と並ぶ
紫式部墓所

　室町時代初期の学者・四辻善成が著した「河海抄」（源氏物語の注釈書）に、「紫式部の墓は雲林院白毫院の南、小野 篁 の墓の西」とあり、現在地に符合する。小野篁は小野妹子の子孫で、六道珍皇寺から冥界と行き来し、地獄の閻魔大王に仕えたという伝説もある人物。ちなみに式部は、色恋の作り話で人心を惑わしたために、地獄に落とされたともいわれる（『今鏡』）。

社家の家並みが美しい　上賀茂（かみがも）

洛北の賀茂川の東側に位置し、上賀茂神社とその摂末社である片岡社、大田神社などのほか、貴重な自然の残る深泥池がある。

☎075-781-0011　京都市北区上賀茂本山339
アクセス：市バス「上賀茂神社前」よりすぐ
時間：境内（楼門・授与所）は8時〜16時45分（祭典により異なる）
料金：境内自由　「国宝・本殿特別参拝とご神宝の拝観」は大人500円　駐車場あり（有料）

斎王が使用した細殿（ほそどの）が建つ
上賀茂神社

　正式には賀茂別 雷 神社（かもわけいかづち）といい、賀茂氏の氏神を祀る京都最古の神社の一つで、賀茂御祖神社（みおや）（下鴨神社（しも がも））とともに賀茂社と総称される。社殿の創建は天武天皇（てん む）6年（677）と伝わる。弘仁元年（こうにん）（810）以降、400年にわたって斎院（さいいん）が置かれ、皇女が斎王（斎院）として賀茂社に奉仕した。細殿（ほそどの）は天皇や上皇、斎王が使用した建物で、その前には神の依代とされる「立砂（たてずな）」がある。『源氏物語』第9帖「葵」では、女三の宮が新たに斎院となり、第20帖「朝顔」では、朝顔の姫君が父の死により斎院を辞める場面がある。

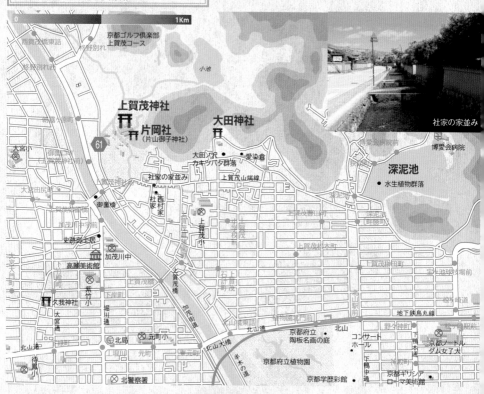

社家の家並み

紫式部が歌を残した
片岡社

　正式には片山御子神社といい、上賀茂神社の境内にある24の摂末社の一つ（楼門の右手にある）。賀茂玉依姫命を祀り、縁結び・子授け・家内安全の神として信仰を集め、若い世代にも親しまれている。紫式部も訪れたとされ、「ほととぎす　声まつほどは　片岡の　もりのしずくに　立ちやぬれまし」という歌を詠んでいる（『新古今和歌集』巻第3夏歌）。

カキツバタの名所
大田神社

　上賀茂神社の摂社の一つで、天鈿女命を祀る。境内の沢にはカキツバタの野生群落（天然記念物）があり、5月上旬の開花時期には多くの参拝者が訪れる。平安時代からの名所で、歌人・藤原俊成が「神山や　大田の沢の　かきつばた　ふかきたのみは　色にみゆらむ」という歌を詠んでいる（『五社百首』）。

☎075-781-0907　京都市北区上賀茂本山340
アクセス：市バス「上賀茂神社前」より徒歩10分
時間：9時〜17時（入館は30分前まで）
料金：境内自由（カキツバタ開花時有料）
駐車場なし

和泉式部が歌に詠んだ
深泥池

　1万年前までに形成されたとされ、氷河期以来の動植物が今も生き続ける（天然記念物）。天然のジュンサイの産地としても知られる。平安時代前期、淳和天皇が「泥濘池」に行幸して、水鳥の猟を行ったという記録があり（『類聚国史』）、深泥池に比定されている。また、紫式部の同僚の歌人・和泉式部は、「名を聞けば　影だにみえじ　みどろ池に　すむ水鳥の　あるぞあやしき」と歌に詠んでいる。

藤原氏の氏寺建立の地 東福寺界隈

東福寺を中心とするエリアで、藤原氏の氏寺だった法性寺や清少納言ゆかりの泉涌寺、熊野修験の拠点の一つ、今熊野観音寺などがある。

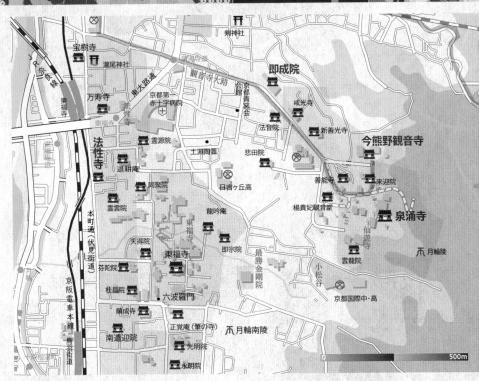

剣神社
宝樹寺
瀧尾神社
即成院
観音寺大路
東大路通
京都青少年
会館
京都第一
赤十字病院
万寿寺
戒光寺
芬性寺
法音院
新善光寺
JR奈良線
東福寺
今熊野観音寺
霊源院
土渕陶葬
悲田院
法性寺
退耕庵
善能寺
来迎院
同聚院
日吉ヶ丘高
泉涌寺
龍吟庵
霊雲院
楊貴妃観音堂
仙遊寺
東福寺
月輪陵
天得院
即宗院
雲龍院
最勝金剛院
芬陀院
桂昌院
本町通（伏見街道）
小松谷
六波羅門
京都国際中・高
願成寺
京阪電車本線・鳥羽街道
南遮迎院
正覚庵（筆の寺）
月輪南陵
光明院
永明院
500m

中宮彰子の安産祈願に座主が参加
法性寺（ほうしょうじ）

延長3年（924）、藤原忠平が創建した寺院で、藤原家の氏寺として栄え、京洛21ヶ寺の一つに数えられた。その後兵火により衰亡し、現在の寺院は、明治以降旧名を継いで再建されたものである。本堂の千手観世音菩薩像（国宝）は、旧法性寺灌頂堂の本尊といわれ、「厄除け観音」として知られる。『紫式部日記』によると、中宮彰子の安産を願う「五壇の御修法」に法性寺の座主が参加している。また、『源氏物語』第50帖「東屋」では、薫が浮舟を三条の隠れ家から、宇治へ連れ去る際、法性寺の辺りで夜が明ける。

☎075-541-8767
京都市東山区本町一六丁目307
アクセス：市バス「東福寺」より徒歩5分
時間：9時〜16時
料金：境内自由　駐車場あり

清少納言が晩年隠棲した地
泉涌寺（せんにゅうじ）

斉衡2年（855）、左大臣・藤原緒嗣が自らの山荘を僧・神修（じんしゅう）に与えて寺（仙遊寺）としたのが始まりとされる。その後衰退するが、鎌倉時代に宇都宮信房（のぶふさ）が再興し、寺号を泉涌寺とした。月輪山（りんざん）の山麓に位置し、中宮定子（ていし）が鳥辺野（とりべの）に埋葬されたことから、定子に仕えた清少納言は晩年この辺りに隠棲したと伝わる。境内には清少納言が詠んだ「夜をこめて 鳥のそら音は はかるとも よに逢坂（おうさか）の 関はゆるさじ」の歌碑がある。

☎075-561-1551　京都市東山区泉涌寺山内町27
アクセス：市バス「泉涌寺道」より徒歩15分
時間：9時〜17時（12〜2月は〜16時半）受付は30分前
心照殿は第4月曜休
料金：500円　駐車場あり

西国三十三カ所15番札所
今熊野観音寺（いまくまののかんのんじ）

唐で真言密教を学んで帰国した空海が、大同2年（だいどう）（807）に熊野権現の霊示を受けて、十一面観音菩薩像を刻み、この地に庵を結んで納めたのが始まりとされる。弘仁3年（こうにん）（812）には、嵯峨（さが）天皇の支援を受けて諸堂が造営され、左大臣・藤原緒嗣（おつぐ）がさらに拡大を図った。平安時代後期になると、今熊野修験（しゅげん）の中心として栄え、西国三十三所の第15番札所となる。また境内には、観音霊場を石仏にして巡拝する「今熊野西国霊場」がある。

☎075-561-5511　京都市東山区泉涌寺山内町32
アクセス：市バス「泉涌寺道」より徒歩10分
時間：8時〜17時
料金：境内自由　駐車場あり（泉涌寺）

藤原道長の孫が創建
即成院（そくじょういん）

正暦3年（しょうりゃく）（992）、恵心僧都（えしんそうず）（『源氏物語』の「宇治十帖」に登場する横川（よかわ）僧都のモデル）の創建とも伝わるが、実際には、藤原頼通（よりみち）の子・橘俊綱（としつな）（藤原道長の孫）が伏見桃山に創建したのが始まりとされる。明治時代に現在地に移され、泉涌寺の塔頭となった。平安時代から江戸時代につくられた木造阿弥陀仏如来及び二十五菩薩像が安置され、毎年10月第3日曜日に「二十五菩薩お練り供養」が催される。

☎075-561-3443　京都市東山区泉涌寺山内町28
アクセス：市バス「泉涌寺道」より徒歩5分
時間：9時〜17時（12〜2月は16時半）受付は30分前まで
料金：境内自由　駐車場なし

六波羅蜜寺を中心とするエリアで、「六道参り」で有名な六道珍皇寺や大谷本廟のほか、明治時代に開館した京都国立博物館がある。

空也上人が開いた道場が起源
六波羅蜜寺

天暦5年（951）、市聖空也が十一面観音を本尊として開いた道場が始まりと伝わる。貞元2年（977）、延暦寺の僧・中信が中興し、六波羅蜜寺と改称した。空也が始めた「南無阿弥陀仏」を唱える口称念仏は、一般大衆から摂関家まで広く信仰を集め、最高権力者であった藤原道長も心酔し、出家後に無量寿院（法成寺）を創建、念仏に囲まれながらそこで没した。

☎075-561-6980
京都市東山区ロクロ町81-1
アクセス：市バス「清水道」より徒歩7分
時間：8時～17時（受付は30分前まで）
料金：600円　駐車場あり

紫式部を弁護した小野 篁 ゆかりの寺
六道珍皇寺

平安遷都前後の創建とされる。当地は鳥辺野の入りロに当たり、現世と冥界の境とされ「六道の辻」と呼ばれた。お盆には先祖の霊を迎える「六道参り」の善男善女で賑わう。小野 篁 は、当寺の井戸から冥界と行き来したと言われ、物語で人心を惑わした廉により、地獄へ落とされそうになった紫式部を助けるべく、閻魔大王に口添えしたという伝承もある。

☎075-561-4129　京都市東山区小松町595
アクセス：市バス「清水道」より徒歩5分
料金：境内自由　駐車場なし

源氏物語絵色紙帖を所蔵
京都国立博物館

明治30年（1897）に開館された博物館で、平安時代から江戸時代までの、京都を中心とする文化財の収集・保管・展示を行っている。所蔵品の中には、54枚の色紙に描かれた土佐光吉・長次郎筆の「源氏物語絵色紙帖」（17世紀／重要文化財）など、源氏物語関係のものもある。なお、本館は、宮内省の技師だった片山東熊の設計で、当時の建物の外観が保存されている。

☎075-525-2473　京都市東山区茶屋町527
アクセス：市バス「博物館三十三間堂前」よりすぐ
時間：9時半～17時（夜間開館は要問合せ）　月曜（祝日の場合翌日）・年末年始休
料金：名品ギャラリー（平常展示）は一般700円　駐車場あり（有料）

鳥辺野の葬送地跡
大谷本廟（西大谷）

　平安時代、鳥辺野は蓮台野、化野と並ぶ都の葬送地であった。現在の清水寺から大谷本廟（浄土真宗の宗祖・親鸞の墓所）にかけての辺りで、その間には今も広大な鳥辺山墓地がある。『源氏物語』第40帖「御法」では、光源氏の最愛の妻・紫の上の葬儀が鳥辺野の葬場で行われる。他にも桐壺更衣、夕顔、柏木がこの地で荼毘に付された。

古今参詣者で賑わう 八坂・清水

観光客の多い八坂神社から清水寺に至るエリアで、両社のほか「八坂の塔」の名で親しまれる法観寺や護摩祈祷で有名な雙林寺がある。

東遊の舞が奉納される
八坂神社

斉明天皇2年（656）、素戔嗚尊を祭神として創建されたと伝わる。平安時代には二十二社の一つに数えられ、朝廷からも崇拝された。当社の例祭で日本三大祭りの一つ、祇園祭は、貞観11年（869）に疫病が流行した際、当社から神泉苑に御輿を送って、災厄除去を祈ったことが起源とされる。また、毎年6月の例祭では、『源氏物語』第35帖「若菜下」にも描かれた「東遊」の舞（光源氏が住吉大社社頭で観賞）の奉納が行われる。

☎075-561-6155　京都市東山区祇園町北側625
アクセス:市バス「祇園」よりすぐ
時間:9時〜17時(社務所)
料金:境内自由　駐車場なし(市営あり)

「さわがしきもの」の例に挙げられた
清水寺

宝亀9年（778）、法相宗の僧・延鎮が夢告により千手観音像を安置したのが起源とされ、平安遷都後の延暦17年（798）、坂上田村麻呂が延鎮を開山として創建したと伝わる。平安時代には観音霊場として信仰を集め、清少納言の『枕草子』には、「さわがしきもの」の例として、清水観音の縁日が上げられている。また、『源氏物語』第4帖「夕顔」では、「清水の方ぞ光多く見え、人のけはいもしげかりける」と、清水の賑わいを描写している。

☎075-551-1234　京都市東山区清水1丁目294
アクセス:市バス・京阪バス「五条坂」「清水道」より徒歩15分
時間:6時〜18時(季節により変更あり、春夏秋の夜間拝観は〜21時)
料金:400円　駐車場なし

日本初の護摩祈祷道場
雙林寺

延暦24年（805）、桓武天皇の勅願により、最澄を開山として創建された天台宗の寺院。日本初の護摩祈祷道場といわれる。平安時代は護摩祈祷が盛んで、『紫式部日記』によると、中宮彰子が土御門殿で敦成親王を出産する際、大勢の僧侶らが呼ばれて護摩祈祷を行っている。また『源氏物語』第53帖「手習」には、浮舟の回復を祈って護摩が焚かれる場面がある。

☎075-561-5553
京都市東山区下河原鷲尾町527
アクセス:市バス「祇園」より徒歩10分
時間:9時〜16時
料金:200円　駐車場なし

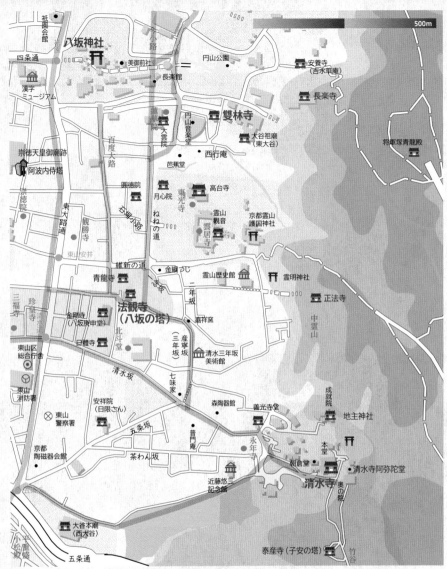

500m

祇園会館
八坂神社
四条通
美御前社
漢字
ミュージアム
長楽館
円山公園
安養寺
(吉水草庵)
長楽寺
蓮華院
雙林寺
大雲院
円山音楽堂
大谷祖廟
(東大谷)
将軍塚青龍殿
崇徳天皇御廟跡
阿波内侍塔
百度大路
西行庵
崇徳院
圓徳院
芭蕉堂
月心院
高台寺
東大路通
観勝寺
霊山観音
京都霊山
護国神社
ねねの道
雲居寺
東山安井
維新の道
金剛うじ
霊山歴史館
霊明神社
青龍寺
一年坂
正法寺
三福寺
珍皇寺
金剛寺
(八坂庚申堂)
法観寺
(八坂の塔)
二年坂
嘉祥窯
中霊山
日體寺
北料堂
産寧坂
(三年坂)
清水三年坂
美術館
東山区
総合庁舎
清水坂
七味家
東山
消防署
安祥院
(日限さん)
五条坂
森陶器館
善光寺堂
成就院
地主神社
東山
警察署
京都
陶磁器会館
昔門庵
近藤悠三
記念館
茶わん坂
永年坂
朝倉堂
本堂
清水寺
清水寺阿弥陀堂
奥の院
大谷本廟
(西大谷)
平重盛
小松殿
五条通
泰産寺(子安の塔)
竹谷

東山のシンボル
法観寺(八坂の塔)

平安遷都以前から存在した古寺で、聖徳太子による創建とも伝わる。その後の戦乱・火災により、現在は五重塔(15世紀の再建、明治の再々建)だけが残され、「八坂の塔」として、東山のシンボルになっている。平安時代には、隣接して金色八丈の大仏を有する雲居寺があったとされる。ちなみに、雲居とは雲のある場所のこと。『源氏物語』第21帖「少女」で、頭中将の娘・雲居雁は、雲間を飛ぶ雁を自分になぞらえている。

☎075-551-2417
京都市東山区八坂上町388
アクセス:市バス・京阪バス「清水道」より徒歩5分
時間:10時〜15時　不定休
料金:400円　駐車場なし

平安宮の雰囲気漂う 岡崎

平安神宮を中心とするエリアで、熊野大神を祀る熊野神社、粟田口を守護する粟田神社、六勝寺の一つ、法勝寺の跡碑などがある。

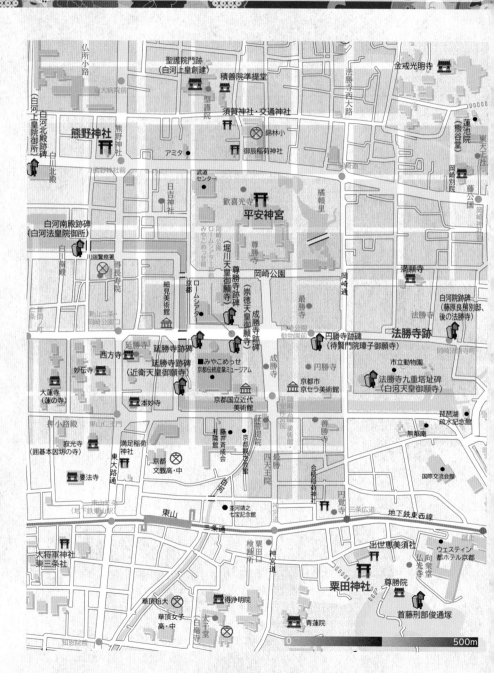

0　　　　　　　　　500m

58

大内裏の建物を復元
平安神宮

　明治28年（1895）、平安建都1100年を記念して京都で開催された内国勧業博覧会の目玉として創建された。社殿は、平安京大内裏の朝堂院（八省院）を約8分の5に縮小したもので、正面の門は応天門、外拝殿は大極殿を模している。また、境内の神苑は、7代目小川治兵衛作の池泉回遊式庭園で、琵琶湖疏水から水が引かれ、『源氏物語』ゆかりの植物が植えられている。

修験道の拠点
熊野神社

　弘仁2年（811）、修験道の日圓が国家護持のため、紀伊熊野から熊野大神を勧請したのが始まりとされる。修験道は神仏習合の信仰であり、その実践者は修験者または山伏と呼ばれた。平安時代中期以降盛んになり、『紫式部日記』には、中宮彰子が敦成親王を出産する際、物の怪退散を祈祷するため、山々寺々から修験者という修験者が集められたと記されている。なお、平安時代後期、北西側に本山修験宗の総本山・聖護院が創建されると、その鎮守社となった。

> ☎075-761-0221　京都市左京区岡崎西天王町
> アクセス：市バス「岡崎公園 美術館・平安神宮前」よりすぐ
> 時間：神苑8時半〜17時半（季節により異なる）　入苑は30分前まで
> 料金：境内自由（神苑は600円）　駐車場なし（近くに市営あり）

> ☎075-771-4054　京都市左京区聖護院山王町
> アクセス：市バス「熊野神社前」よりすぐ
> 時間：7時〜16時（1/1〜2/15は〜17時）
> 料金：境内自由　駐車場なし

光源氏も通った粟田口の守護神
粟田神社

　貞観18年（876）、素戔嗚尊を氏神として創建されたと伝わる。北側を旧東海道・東山道が通り、京の七口の一つ、粟

田口に位置することから、平安京を行き来する旅人らに、旅立ち守護の神として崇拝された。『源氏物語』第16帖「関屋」で、石山寺に向かう光源氏は、粟田山（粟田口）を越えて、関（逢坂の関）に降りたとある。毎年10月に行われる例祭「粟田祭」は、長保3年（1001）に始まったとされ、1000年以上の歴史を持つ。

> ☎075-551-3154　京都市東山区粟田口鍜冶町1
> アクセス：京都市営地下鉄「東山」駅・「蹴上」駅より徒歩7分
> 時間：8時半〜17時
> 料金：境内自由　駐車場なし

白河天皇が創建した、六勝寺の一つ
法勝寺跡

　法勝寺は承保2年（1075）、一条天皇と中宮彰子のひ孫・白河天皇が建立した寺院。白河天皇は院政を本格化させ、洛東・白河を院政の中枢部とした。法勝寺の境内には、高さ80mに達する八角九重塔が聳えていたという。当地には、法勝寺のほか尊勝寺・最勝寺・円勝寺・成勝寺・延勝寺が建てられ「六勝寺」と称されたが、応仁の乱などですべて廃絶した。現在、京都市動物園の敷地内に法勝寺八角九重塔跡の碑が立つ。

浮舟が預けられた地 八瀬（やせ）

比叡山の西麓に位置するエリアで、叡山電車叡山本線の八瀬比叡山口駅や、叡山ケーブルのケーブル八瀬駅があり、比叡山へ登る起点となっている。

浮舟も眺めた？

八瀬川

八瀬地域は古くから薪炭の生産が行われ、平安時代以降は、延暦寺（えんりゃくじ）の雑役や駕輿丁（かよちょう）（輿を担ぐ役）を担う八瀬童子が住む里としても知られた。また、山間を縫って流れる八瀬川（高野川）の周辺は、新緑・紅葉の美しい景勝地であり、『源氏物語』の「宇治十帖（うじじゅうじょう）」で、横川僧都に助けられた浮舟が預けられる「小野の庵」は、現在の八瀬辺りにあったと想定されている。

菅原道真を祀る

八瀬天満宮社

祭神として菅原道真（すがわらのみちざね）を祀る。道真の死後、道真の師である比叡山法性房（ひえいざんほっしょうぼう）尊意阿闍梨（そんいあじゃり）の勧請（かんじょう）により創建したと伝わる。境内には、道真が勉学のため比叡山へ登るたびに休息したとされる菅公腰掛石（こうこしかけいし）のほか、武蔵坊弁慶（むさしぼうべんけい）が比叡山から持って降りたとされる「弁慶背比べ石」がある。

京都市左京区八瀬秋元町639
アクセス：京都バス「ふるさと前」より徒歩1分

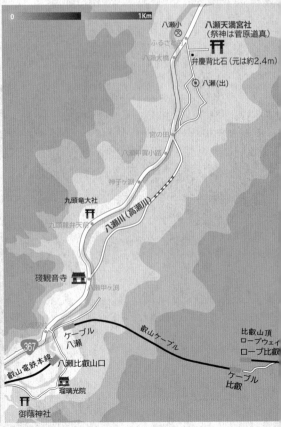

八瀬小
八瀬天満宮社
（祭神は菅原道真）
ふるさと前
弁慶背比石（元は約2.4m）
八瀬大橋
八瀬（出）
菅の田
八瀬甲賀小路
神子ヶ瀬
八瀬川（高野川）
九頭竜大社
九頭龍弁天前
磯観音寺
八瀬甲ヶ淵
叡山ケーブル
比叡山頂
ロープウェイ
ロープ比叡
ケーブル
八瀬
八瀬比叡山口
367
叡山電鉄本線
ケーブル
比叡
瑠璃光院
御蔭神社

1Km

光源氏と紫の上出会いの地 岩倉
いわくら

鞍馬南東の岩倉盆地に位置し、巨石「磐座」を祀る山住神社（石座神社）や光源氏が紫の上を垣間見た寺とされる大雲寺がある。

「なにがしの寺」のモデル
大雲寺
だいうんじ

　天禄2年（971）、藤原文範が延暦寺の僧・真覚を開山として創建したと伝えられ、三井寺の有力な別院であった。文範は紫式部の母方の曽祖父に当たる。その後、兵火などで荒廃した。『源氏物語』第5帖「若紫」で、光源氏は、加持祈祷を受けた北山の「なにがしの寺」で幼い紫の上を垣間見るが、鞍馬寺とともにその「なにがしの寺」の候補に上げられる。

平安京を守る結界の一つ
山住神社
やまずみ

　社殿は無く、神々が降臨したという巨石「磐座」を崇める古代信仰の遺跡で、岩倉の地名のもととなったといわれる。平安京を守る結界の一つとされ、平安京への遷都を挙行した桓武天皇が王城鎮護のため、経典を納めたと伝わる。大雲寺が創建されると、本社に祀られていた石座明神が勧請されて、後年石座神社となり、現在山住神社は石座神社の御旅所となっている。

☎075-791-8569
京都市左京区岩倉上蔵町305
アクセス：京都バス「岩倉実相院」より徒歩1分
時間：9時～17時
料金：境内自由　駐車場なし

清少納言・和泉式部ゆかりの地 鞍馬(くらま)・貴船(きぶね)

自然豊かな京都北山に位置し、古来人々の信仰を集めてきた鞍馬寺や貴船神社などがあり、清少納言や和泉式部に纏わる逸話が残る。

貴船神社奥宮　开

結社　开

361

貴船神社　开

魔王殿

鞍馬寺西門

鞍馬山　▲

鞍馬寺

青船

匠斎庵(滝澤家住宅)

多宝塔

鞍馬寺ケーブル

九十九折参道

由岐神社　开

梅宮橋

貴船川

鞍馬

三本杉

十王橋

叡山電車鞍馬線

鞍馬川

蛍石

貴船口駅前

竜王岳

500

貴船口　鞍馬小　⊗

貴船口

0　　　　　　　　　1Km

清少納言も九十九折参道(つづらおり)を登った
鞍馬寺(ぶらじ)

　宝亀元年(770)、鑑真の弟子・鑑禎(がんちょう)が、鞍馬山に草庵を編み、毘沙門天(びしゃもんてん)を安置したのが始まりと伝えられ、その後、延暦15年(えんりゃく)(796)に、藤原伊勢人(いせんど)が千手観音像を安置して、鞍馬寺としたといわれる。岩倉の大雲寺(うんじ)(だい)とともに、『源氏物語』第5帖「若紫」で光源氏が幼い紫の上と出会った、北山の「なにがしの寺」に比定される。また清少納言は、『枕草子』の中で「近くて遠きもの　くらまのつづらおり」と鞍馬寺の参道を評している。

☎075-741-2003　京都市左京区鞍馬本町1074
アクセス:叡山電鉄「鞍馬」駅より徒歩3分(山門)
時間:9時〜16時15分(本殿)霊宝殿は9時〜16時
料金:愛山費500円　霊宝殿200円　駐車場なし
(周辺に民間Pあり)

朱雀天皇の勅により創建された
由岐神社

　天慶3年（940）、大地震や争いで世情不安となったので、朱雀天皇が勅により、平安京の北方鎮護のため、内裏に祀られていた由岐明神を鞍馬山に勧請し、鞍馬寺の鎮守社としたのが起源とされる。毎年10月に行われる例祭「鞍馬の火祭」は、篝火を焚いて遷宮を祝ったことを記念して始まったもので、京都三大奇祭の一つとされる。

☎075-741-1670　京都市左京区鞍馬本町1073
アクセス：叡山電鉄「鞍馬」駅より徒歩10分
料金：境内自由（鞍馬寺の拝観料が必要）
駐車場なし

「丑の刻参り」で知られる
貴船神社

　創建年は不祥であるが、社伝では神武天皇の母・玉依姫命が、黄色い船（黄船）に乗って、淀川を遡り、当地に水神を祀ったのが始まりとされる。延暦15年（796）、藤原伊勢人が鞍馬寺を創建したのは、貴船神社の神の託宣を受けたからとされる。憎い相手を呪詛する「丑の刻参り」でも知られるが、『源氏物語』第4帖「夕顔」では、光源氏と夕顔が同衾中に、物の怪の女が現れ、夕顔は変死してしまう。

☎075-741-2016　京都市左京区鞍馬貴船町180
アクセス：京都バス「貴船」より徒歩3分
時間：6時～20時（12/1～4/30は～18時、行事等により変更あり）社務所は9時～17時
料金：境内自由　駐車場あり（有料）

和泉式部が願をかけた縁結びの神
結社

　紫式部の同僚であった女流歌人・和泉式部は、恋の遍歴を重ねた後、貴船神社の結社に参詣し、再婚の夫・藤原保昌との関係回復を願ったといわれ、結社は今も恋愛成就の神として信仰されている。また、和泉式部の有名な歌「もの思えば 沢の蛍も わが身より あくがれ出ずる 魂かとぞ見る」が詠まれたのは、蛍岩と名付けられた岩の辺りとされ、初夏、蛍の乱舞が楽しめる。『源氏物語』第25帖「蛍」では、光源氏が異母弟の蛍宮に、無数の蛍で玉鬘の姿を見せつける場面がある。

蛍石

落葉の宮の隠棲地 大原

三千院を中心とするエリアで、『平家物語』で有名な寂光院や円仁創建の勝林院のほか、良忍上人の逸話で知られる音無の滝などがある。

聖徳太子が創建した尼寺
寂光院

推古天皇2年（594）、聖徳太子が父・用明天皇の菩提を弔うため創建したと伝わる尼寺。文治元年（1185）、平家滅亡後に平清盛の娘で高倉天皇の中宮だった建礼門院が入寺し、翌年には後白河法皇と対面する舞台となった。大原には古くから都で薪や炭を売る「大原女」がいて、毎年、春と秋に催される「大原女まつり」では、寂光院から勝林院まで大原女の衣装を着た少女らの行列が見られる。

☎075-744-3341
京都市左京区大原草生町676
アクセス：京都バス「大原」より徒歩15分
時間：9時〜17時（季節により変更）
料金：600円　駐車場なし

紫式部の夫の同僚が復興
勝林院
しょうりんいん

承和2年（835）、延暦寺の僧・円仁によって
創建されたと伝わる。その後荒廃するが、長和
2年（1013）、天台宗の僧・寂源によって復興
された。寂源は藤原道長の妻・倫子の兄（弟）で、
出家前は源時叙といい、侍従時代に藤原宣孝
（後の紫式部の夫）らとさぼって賀茂祭（葵祭）を
見に出掛け、花山天皇の怒りを買ったとの逸話
もある。出家後は、苦行を積み、道長や女流歌
人・赤染衛門からも崇敬を受けた。

☎075-744-2409（宝泉院内）　京都市左京区
大原勝林院町187
アクセス：京都バス「大原」より徒歩17分
時間：9時～17時（受付は30分前）
料金：300円　駐車場なし（周辺に民間あり）

☎075-744-2531　京都市左京区大原来迎院町540
アクセス：京都バス「大原」より徒歩15分
時間：9時～17時（11月は8時半～、12～2月は9時～16
時半）受付は30分前まで
料金：700円　駐車場なし（周辺に民間あり）

「小野の山荘」の候補地
三千院
さんぜんいん

8世紀、最澄により比叡山に創建された円融房
が起源とされる。その後、移転を繰り返し、現在
地に落ち着いたのは明治4年（1871）のことであ
る。青蓮院、妙法院とともに天台宗三門跡寺院
の一つに上げられる。『源氏物語』第39帖「夕霧」
で、落葉の宮が母・一条御息所と隠棲した「小野
の山荘」はこの辺りだともいわれる。また、境内に
ある往生極楽院は、「宇治十帖」に登場する横川僧
都のモデル、源信（恵心僧都）が父母の菩提を弔
うため創建したとも。

落葉の宮が歌に詠んだ
音無の滝
おとなし

平安時代の僧・良忍（聖応大師）が、この滝に向かっ
て声明（仏教音楽）の練習をしていると、滝の音が同
調して聞こえなくなったという伝説が名の由来といわれる。
『源氏物語』第39帖「夕霧」では、落葉の宮が夕霧へ「朝
夕に　泣く音を立つる　小野山は　絶えぬ涙や　音無の滝」と
いう歌を送る。また、清少納言は『枕草子』の中で、「滝
は音無滝」と称賛している。

薫が横川僧都を訪ねて登った 比叡山(ひえいざん)

天台宗の開祖・最澄が延暦4年（785）に開いた延暦寺の寺域で、山内は「東塔」「西塔」「横川」の3つのエリアに分かれている。

夕顔の法要が行われた
法華堂（西塔）(ほっけどう さいとう)

延暦寺の西塔にある法華三昧の修行をする御堂で、隣の常行堂(じょうぎょうどう)と渡り廊下でつながっており、両者を合わせて「にない堂」とも呼ばれる。本尊は普賢菩薩(ふげん)。創建後たびたび火災に遭い、現在の建物は文禄4年（1595）に再建されたものである。『源氏物語』第4帖「夕顔」では、亡くなった夕顔の49日の法要が、法華堂で行われ、光源氏の従者・藤原惟光(これみつ)の兄が、阿闍梨(あじゃり)として立派に取り仕切った。

薫が毎月参詣した
根本中堂(こんぽんちゅうどう)

東塔にある延暦寺の総本堂。延暦7年（788）、最澄が現在地に小堂を創建したのが起源とされる。本尊は最澄が自ら刻んだ薬師瑠璃光如来(るりこう)と伝えられ、その宝前に点された燈明は、1200年以上にわたり、一度も消えることなく輝き続けている（不滅の法灯）。『源氏物語』第54帖「夢の浮橋」では、浮舟が生きているという噂を耳にした薫が、浮舟の弟・小君を連れて比叡山に登り、いつものように根本中堂に参詣した後、横川僧都を訪ねている。

☎077-578-0001　大津市坂本本町4220
アクセス：京都・京阪バス「延暦寺バスセンター」よりすぐ
時間：9時～16時
料金：1000円（東塔・西塔・横川共通券）　駐車場あり

遣唐使船がモデル
横川中堂(よかわ)

横川は延暦寺の寺域の最北端に位置し、第3代天台座主・円仁(えんにん)（慈覚大師(じかく)）が開いたエリアである。中心となる横川中堂は嘉祥元年(かしょう)（848）の創建で、円仁が乗った遣唐使船をモデルとした舞台づくりになっている。延暦寺は火災で荒廃した後、10世紀に良源(りょうげん)（元三大師(がんざん)）によって再興されるが、横川の四季講堂（元三大師堂）は、良源が住した定心房(じょうしんぼう)の跡とされる。

☎077-578-0001　大津市坂本本町4225
アクセス：比叡山延暦寺東塔からシャトルバスで15分
時間：9時～16時（12～2月は9時半～）
料金：1000円（東塔・西塔・横川共通券）　駐車場あり

横川僧都のモデル・源信が修行した
恵心堂(えしんどう)

藤原兼家（道長の父）が良源（元三大師）のために建立した御堂。良源の門下生の1人、源信(げんしん)が修行を行った場所とされる。源信はここで『往生要集』(おうじょうようしゅう)を著し、日本の浄土教の基礎を築いた。そのことから源信は「恵心僧都」(えしんそうず)と呼ばれ、『源氏物語』の「宇治十帖」の登場人物、横川僧都のモデルとされる。第54帖「夢の浮橋」では、横川を訪ねた薫から、浮舟への取次ぎを頼まれた横川僧都が、浮舟宛ての手紙を小君(こぎみ)に託す場面がある。

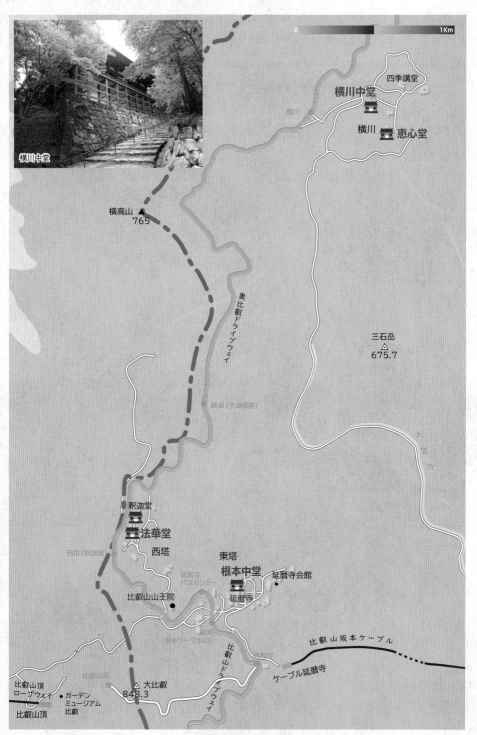

横川中堂

1Km

四季講堂

横川中堂

横川　恵心堂

横川

横高山
765

奥比叡ドライブウェイ

三石岳
675.7

峰道（大師像前）

大宮川

釈迦堂

法華堂

西塔（釈迦堂）

西塔

延暦寺
バスセンター

東塔

根本中堂

延暦寺会館

延暦寺

比叡山山王院

鳥居
（坂本ケーブル口）

比叡山坂本ケーブル

比叡山ドライブウェイ

ケーブル延暦寺

比叡山頂
ロープウェイ

比叡山頂

ガーデン
ミュージアム
比叡

比叡山頂

大比叡
848.3

梅の名所 北野天満宮

北野天魔宮を中心とするエリアで、平野神社や千本ゑんま堂、大将軍八神社など、平安時代初期以前に起源を持つ社寺が多い。

0 500m

わら天神（敷地神社）

わら天神前

千本ゑんま堂（引接寺）

松原出水前

紙屋川

紙屋川（普志川・高陽川）

平野社（施無畏寺）

平野神社

大報恩寺（千本釈迦堂）

翔鸞小

北野天満宮

老松

衣笠校前

衣笠小

浄土院（湯沢山茶くれん寺）

護念寺

上七軒歌舞練場

上七軒

西大路通

聖ヨゼフ医療福祉センター

今出川通

東向観音寺（源頼光が退治した土蜘蛛塚）

宝樹寺

嵐電北野線

北野白梅町

北野白梅町

京都佛立ミュージアム

上京警察署

有清寺

大将軍八神社

地蔵院（椿寺）

一条妖怪ストリート

漆室

仁和小

兵庫寮

大蔵省

正親司

西陣工房

紫式部の供養塔（千本ゑんま堂）

68

1500本の梅が植わる
北野天満宮

大宰府に左遷された菅原道真（すがわらのみちざね）が没した後、平安京では落雷などの天災が相次ぎ、これは道真の祟りだという噂が広まったため、天暦元年（947）、朝廷の命により道真を祀る社殿が造営されたのが起源とされる。永延元年（えいえん）（987）、一条天皇から「北野天満宮天神」の勅号が贈られた。道真が梅を好んだことにちなみ、境内には50種1500本の梅が植えられている。『源氏物語』第32帖「梅枝（うめがえ）」では、明石の姫君の裳着の儀式で、弁少将（べんのしょうしょう）（内大臣の次男）が催馬楽「梅枝」を唄う。

☎075-461-0005　京都市上京区馬喰町
アクセス：市バス「北野天満宮前」よりすぐ
時間：7時〜17時　社務所は9時〜19時半（宝物殿は9時〜16時）
料金：境内自由（観梅・青もみじ・紅葉シーズンは有料エリアあり）宝物殿特別拝観は一般1000園　駐車場あり

桜花祭・紫式部祭を開催
平野神社（ひらの）

奈良時代末期に平城京で創建され、平安遷都に伴い大内裏（だいだい）に近い現在地に遷座されたと伝わる。平安時代には、皇太子守護の性格を持つとともに、源氏や平氏など臣籍降下（しんせき）した氏族の氏神として崇拝された。境内には60種、400本の桜が植えられ、毎年4月10日には桜花祭が行われる。また、桜苑の一角にはムラサキシキブが植えられ、例年10月の第1日曜日に「紫式部祭」が催される。

☎075-461-4450　京都市北区平野宮本町1
アクセス：市バス「衣笠校前」より徒歩3分
時間：6時〜17時（桜花期は〜21時頃）　料金：境内自由　駐車場あり（有料）

紫式部の供養塔がある
千本ゑんま堂（引接寺）（いんじょうじ）

平安時代初期、小野篁（たかむら）が葬送の地である蓮台野（れんだい）の入り口に、自ら閻魔法王の姿を刻んで祠を祀ったのが起源といわれる。その後、源信（げんしん）（恵心僧都）の門弟・定覚（じょうかく）が、藤原道長の支援を受けて、篁の作った祠をもとに開山したと伝わる。境内には紫式部の供養塔があり、至徳（しとく）3年（1386）、紫式部のあの世での不遇を思い、成仏させんがため円阿上人の勧請により建立されたと伝わる。

☎075-462-3332　京都市上京区閻魔前町34
アクセス：市バス「乾隆校前」より徒歩3分
時間：9時半〜16時※拝観開始時間あり
料金：境内自由　本殿昇殿は500円　駐車場あり

方違えの神として知られる（かたたがえ）
大将軍八神社

延暦13年（794）、桓武天皇が王城鎮護のため、当地に星神大将軍を勧請したのが起源と伝わる。古くから、方違え（たが）（方除け）・厄除けの神として信仰を集めた。方違えとは陰陽道に基づく風習で、外出や造作の際、その方角の吉凶を占い、方角が悪いと、一旦別の方向に出掛け、目的地の方角が悪くないようした。『源氏物語』第2帖「帚木（ははきぎ）」では、方違えで中川の紀伊守邸に出向いた光源氏が、そこで空蝉（うつせみ）と出会う。

☎075-461-0694　京都市上京区西町48
アクセス：市バス「北野天満宮前」より徒歩3分
時間：9時〜17時
料金：境内自由　駐車場あり

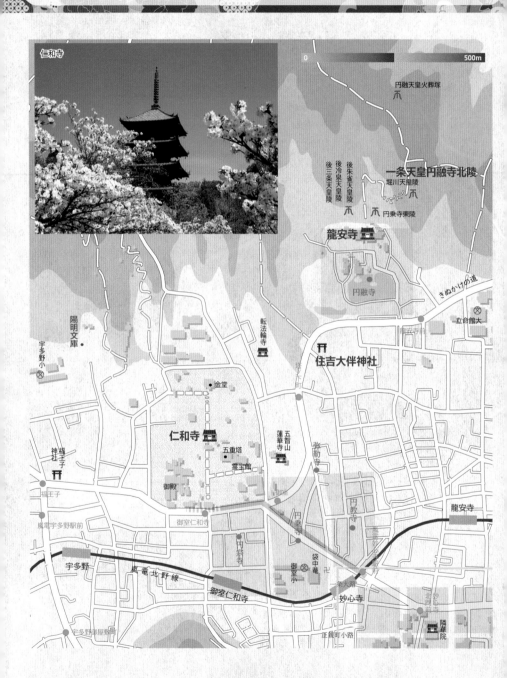

仁和寺

0　　　　　　　　　　　　　　　　　500m

円融天皇火葬塚

一条天皇円融寺北陵
堀川天皇陵
後朱雀天皇陵
後冷泉天皇陵
後三条天皇陵

円乗寺東陵

龍安寺

円融寺

きぬかけの道

陽明文庫

転法輪寺

立命館大

龍安寺前

宇多野小

住吉大伴神社

金堂

福王子
神社

仁和寺

五重塔

霊宝館

御殿

蓮華寺

五智山

弥勒寺

御室

円教寺

龍安寺

福王子

嵐電宇多野駅前

御室仁和寺

円乗寺

袋中菴

御室小

宇多野

嵐電北野線

御室仁和寺

御室大路

妙心寺

隣華院

宇多野御屋敷町

正親町小路

70

「西山なる御寺」のモデル
仁和寺

　仁和4年（888）、宇多天皇の時に完成し、宇多天皇は出家後、仁和寺南西に御室という僧房を建てて住んだため、御室御所とも呼ばれた。その後、仁和寺は代々皇族・公家が住職を務める門跡寺院となった。『源氏物語』第34帖「若菜上」で、朱雀院が出家した「西山なる御寺」のモデルとされる。また、『紫式部日記』に仁和寺の僧都（済信）が、『枕草子』にも仁和寺の僧正（寛朝）が登場する。

☎075-461-1155　京都市右京区御室大内33
アクセス：市バス・京都バス・ＪＲバス「御室仁和寺」よりすぐ
時間：7時〜18時（御殿は10時〜16時、受付は30分前まで）
料金：境内自由　御所庭園は800円　駐車場あり（有料）

四円寺の一つ、円融寺の跡地に建つ
龍安寺

　平安時代中期、龍安寺の一帯は、永観元年（983）に円融天皇が創建した円融寺（「四円寺」の一つ）の寺域であったとされる。その後円融寺は衰退し、徳大寺実能の山荘を経て、宝徳2年（1450）、山荘を譲り受けた細川勝元が龍安寺を創建した。方丈庭園（石庭）が有名。境内にある鏡容池は、円融寺時代の遺構といわれる。

☎075-463-2216
京都市右京区龍安寺御陵ノ下町13
アクセス：市バス・京都バス・ＪＲバス「竜安寺前」よりすぐ
時間：8時〜17時（12〜2月は8時半〜16時半）
料金：600円　駐車場あり（有料）

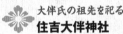
大伴氏の祖先を祀る
住吉大伴神社

　平安遷都に伴い、奈良の豪族・大伴氏が当地に移り住み、祖先の神を祀ったとされる。弘仁14年（823）、淳和天皇（大伴親王）が即位すると、その諱を避けて、大伴氏は伴氏に改称した。承和9年（842）の承和の変で伴健岑が、貞観8年（866）の応天門の変では伴善男・中庸父子が流罪となり、伴氏は没落、当社も伴氏神社から住吉神社に改称された。昭和に入って、再び大伴氏の氏神を祀るべきという声が上がり、昭和17年（1942）、住吉大伴神社に改称された。

京都市右京区龍安寺住吉町1
アクセス：市バス「塔ノ下町」よりすぐ
料金：境内自由　駐車場なし

朱山七陵の一つ
一条天皇円融寺北陵

　衣笠山の西、朱山にある。平安時代の中期、朱山の麓には円融寺、円教寺、円宗寺、円乗寺という4つの寺院があり、「四円寺」と呼ばれた（いずれも廃絶）。円融寺は円融天皇、円教寺は一条天皇、円宗寺は後三条天皇、円乗寺は後朱雀天皇の勅願により創建された御願寺で、朱山には一条天皇はじめ、四円寺に関係する皇族の御陵が7つもある（朱山七陵）。

広隆寺を中心とするエリアで、蚕の社（木嶋神社）やハスの名所・法金剛院のほか、映画のテーマパーク・東映太秦映画村がある。

『更級日記』の作者が願掛け
広隆寺 こうりゅうじ

　7世紀に秦河勝が創建した京都最古の寺院とされる。渡来系・秦氏の氏寺で、聖徳太子信仰の寺でもあり、所蔵の弥勒菩薩半跏像は国宝に指定されている。平安時代の女流日記文学の一つ、菅原孝標 女 の『更級日記』では、源氏物語に入れ込んでいた作者が、親に付き合って広隆寺に参詣した際、『源氏物語』を最初の巻から全部読ませてくださいと願をかけている。毎年10月12日に行われる牛祭は、京都三大奇祭の一つに上げられるが、現在は休止中。

☎075-861-1461　京都市右京区太秦蜂岡町32
アクセス：嵐電「太秦広隆寺」駅よりすぐ
時間：9時～17時（12～2月は～16時半）
料金：境内自由（新霊宝殿は800円）　駐車場あり

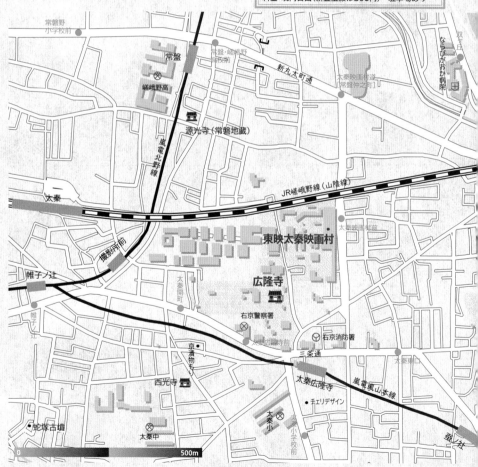

養蚕の神を祀る
蚕の社（木嶋神社）

7世紀に創建された秦氏ゆかりの神社。正式には木嶋坐天照御魂神社といい、「蚕の社」の名は、秦氏が養蚕と織物の神を祀ったことに由来するとされる。境内の元糺の池には、京都三大珍鳥居の一つ「三柱鳥居」がある。平安時代、蚕は身近な存在だった

のだろう。『源氏物語』第26帖「常夏」では、「繭ごもり」（引き籠り）する玉鬘を光源氏が心苦しく思う場面がある。

☎075-861-2074　京都市右京区太秦森ヶ東町
アクセス：京都市営地下鉄「太秦天神川」駅より徒歩5分
料金：境内自由　駐車場なし

源氏物語関連の映画も撮影
東映太秦映画村

東映京都撮影所の一部を活用して、昭和50年（1975）にオープンした映画のテーマパークで、時代劇の殺陣ショーや俳優のトークショー、各種キャラクターショーなども行われている。平成13年（2001）には、東映創立50周年記念として、京都撮影所で撮影された映画「千年の恋・ひかる源氏物語」が公開。紫式部を吉永小百合が、光源氏を天海祐希が演じた。

☎0570-064349（時間・料金等）
京都市右京区太秦東蜂岡町10
アクセス：京都バス「太秦映画村前」よりすぐ
時間：9時〜17時（季節により異なる）入村は60分前まで
料金：2400円　駐車場あり（有料）

清少納言の同族の山荘だった
法金剛院

平安時代の初め、左大臣・清原夏野がこの地に山荘を築き、後に寺院（双丘寺）にしたのが起源と伝わる。嵯峨天皇をはじめ歴代の天皇の行幸をみたが、その後衰退し、平安時代の末期に待賢門院により再興され、寺名が法金剛院となった。一面ハスに覆われた苑池は、浄土式庭園の遺構とされ、日本最古の人工滝とされる「青女の滝」がある。ちなみに、清少納言の父は肥後守を務めた清原元輔で、彼女は夏野と同じ清原氏の出身である。

☎075-461-9428　京都市右京区花園扇野町49
アクセス：JR「花園」駅より徒歩5分　毎月15日・特別拝観期間のみ拝観可能
時間：9時半〜16時半（受付は30分前まで）
料金：500円　駐車場あり

光源氏が通った別荘地 嵐山 <ruby>嵐山<rt>あらしやま</rt></ruby>

古くからの景勝地で、明石の君の仮住まい「大堰の山荘」があったとされ、また、斎王の潔斎所「野宮」に由来する野宮神社がある。

光源氏も月を眺めた？
渡月橋 <ruby>渡月橋<rt>とげつきょう</rt></ruby>

桂川（大堰川）に架かる渡月橋は、承和年間（834～848）に真言宗の僧・道昌が架橋したのが始まりとされ、鎌倉時代に亀山上皇が、橋の上を月が渡るのを見て、「渡月橋」と名付けたと伝わる。『源氏物語』第18帖「松風」で、明石から上京した明石の君と姫君が仮住まいし、光源氏が彼女らに会うため通った「大堰の山荘」は、今の渡月橋の上流左岸にあったとされる。

斎王潔斎の地
野宮神社 <ruby>野宮神社<rt>ののみやじんじゃ</rt></ruby>

平安時代初期の創建とされ、伊勢神宮に奉仕する斎王（斎宮）が、伊勢に赴く前に潔斎をした「野宮」に由来する神社と伝わる。『源氏物語』第10帖「賢木」では、伊勢下向が近づいた六条御息所と娘の斎宮が、嵯峨野の野宮に籠っていたところに光源氏が訪れ、御息所と別れを惜しむ場面があり、境内に見られる黒木鳥居や小柴垣は、源氏物語にちなむものである。現在は恋愛成就の神として知られる。

☎075-871-1972 京都市右京区嵯峨野々宮町1
アクセス：市バス・京都バス「野々宮」より徒歩5分
時間：9時～17時
料金：境内自由 駐車場なし

『枕草子』でも評価された
法輪寺 <ruby>法輪寺<rt>ほうりんじ</rt></ruby>

和銅6年（713）に僧・行基が元明天皇の勅願によって、堂宇を建てた（葛井寺）のが始まりという。天長6年（829）、真言宗の僧・道昌が虚空蔵菩薩像を安置し、その後、寺名を法輪寺とした。『枕草子』では、「寺は壺阪・笠置・法輪」と並び称されている。壺阪は奈良県高取町にある南法華寺、笠置は京都府笠置町にある笠置寺のこと。法輪寺は「嵯峨の虚空蔵さん」の名で親しまれ、「十三参り」の寺としても有名である。

☎075-862-0013 京都市西京区嵐山虚空蔵山町
アクセス：阪急電車「嵐山」駅より徒歩5分
時間：9時～17時
料金：境内自由 駐車場あり（有料）

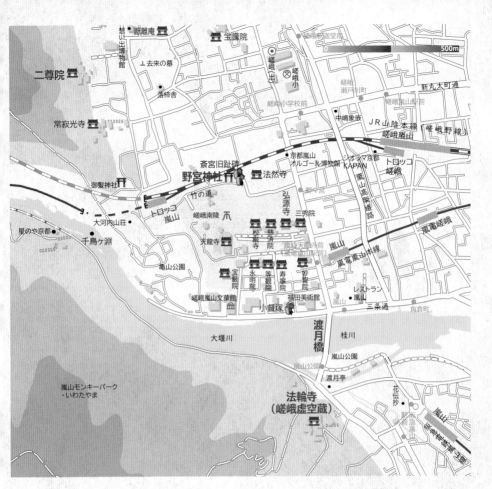

紫式部も選ばれた百人一首選定の地
二尊院 (にそんいん)

　平安時代初期に嵯峨天皇の勅により、天台僧・円仁（えんにん）が創建したとされる。清少納言が『枕草子』の中で、鹿背山（かせやま）（京都府木津川市）、三笠山（みかさやま）（奈良市）と並び称した山、小倉山（おぐらやま）の麓にある。境内には、『源氏物語』の継承に尽力した室町時代の国文学者・三条西実隆（さんじょうにしさねたか）（『弄花抄』（ろうかしょう）の作者）の墓がある。また山中には、藤原定家が『小倉百人一首』（紫式部も百人のうちの1人）を選定したという「時雨亭」（しぐれてい）の跡がある。

☎075-861-0687　京都市右京区嵯峨二尊院門前長神町27
アクセス：市バス・京都バス「嵯峨小学校前」より徒歩10分
時間：9時〜16時半
料金：500円　駐車場あり

光源氏が御堂を築いた地 嵯峨(さが)

農村風景が美しい嵯峨離宮の跡地で、光源氏の「嵯峨の御堂」のモデルとされる清凉寺や、「夕顔」の話に似た逸話が伝わる遍照寺がある。

光源氏のモデル・源融の墓がある
清凉寺(せいりょうじ)

長和5年(1016)に奝然(ちょうねん)を開基として創建された。本尊は「生身の釈迦」と呼ばれる釈迦如来(国宝)で、嵯峨釈迦堂の名で親しまれる。もとは光源氏のモデルとされる源融(とおる)の別荘で、境内には源融の墓と伝える宝篋(ほうきょう)印塔(いんとう)がある。『源氏物語』の中で光源氏が出家のため造営した「嵯峨の御堂」(第17帖「絵合」)に目され、また、紫の上が光源氏の四十の賀に薬師仏供養を行った寺(第34帖「若菜上」)のモデルとされる。毎年3月に行われる「お松明式」は京都三大火祭の一つ。

☎075-861-0343　京都市右京区嵯峨釈迦堂藤ノ木町46
アクセス：市バス・京都バス「嵯峨釈迦堂前」よりすぐ
時間：9時〜16時(霊宝館開館の4・5・10・11月は〜17時)
料金：700圓(霊宝館・本堂)　駐車場あり(有料)

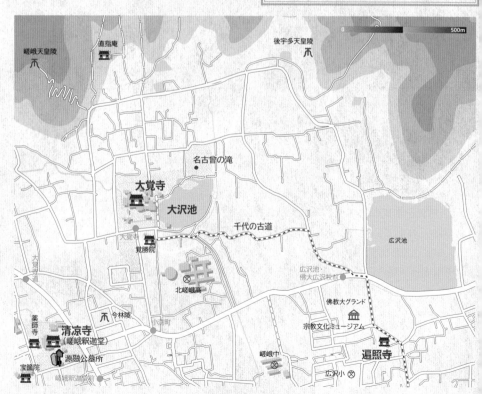

76

源氏物語に実名が登場
大覚寺

　貞観18年（876）に、嵯峨天皇の皇女・正子内親王（淳和天皇皇后）が創建した真言宗の寺院。当地は、嵯峨天皇が広大な離宮を営んでいた所で、そこに空海が持仏堂を建て修法を行ったのが、そもそもの起源とされる。『源氏物語』第18帖「松風」では、（光源氏が出家のために）「作らせ給ふ御堂は、大覚寺の南にあたりて」と珍しく、実在の寺としてその名が出てくる。

☎075-871-0071　京都市右京区嵯峨大沢町4
アクセス：市バス・京都バス「大覚寺」よりすぐ
時間：9時～17時（受付は30分前まで）
料金：500円（大沢池は別途300円）　駐車場あり（有料）

藤原公任ゆかりの遺構がある
大沢池

　大覚寺境内にある嵯峨離宮の遺構で、日本最古の庭池とされる。毎年、中秋の名月の夜、「観月の夕べ」が催され、竜頭船や鷁首船での遊覧が楽しめる。池の北側には「名古曾の滝」の遺構がある。この滝の名は、紫式部に「このわたりに若紫やそうらふ」と問いかけたことで有名な藤原公任の歌「滝の音は絶えて久しく なりぬれど 名こそ流れて なほ聞えけれ」に由来する。

名古曾の滝跡

紫式部が「夕顔」の構想を得た？
遍照寺

　永延3年（989）、真言宗の僧・寛朝（宇多天皇の孫）が広沢池湖畔の山荘を改めて寺院にしたのが始まりとされる。応仁の乱で廃墟となったが、文政13年（1830）、舜乗律師により復興された。紫式部が20歳の頃、具平親王（村上天皇の皇子）が、大顔という雑仕女とお忍びで遍照寺を訪れたところ、月を見ている間に大顔が物の怪に取りつかれて急死するという事件が起こった。その話をもとに式部は、源氏物語の「夕顔」の構想を得たとする説がある。

☎075-861-0413　京都市右京区嵯峨広沢西裏町14
アクセス：市バス「広沢御所ノ内町」より徒歩5分
時間：10時～16時
料金：境内自由（内陣は500円）　駐車場あり

紅葉狩りのメッカ 高雄

神護寺を中心とする紅葉の美しいエリアで、神護寺の別院だった西明寺、高山寺のほか、「花の天井」で知られる平岡八幡宮がある。

高雄山
△ 428.6

高山寺

栂ノ尾

● 栂尾発電所

西明寺

和気清麻呂墓

高雄

槇ノ尾

御所ノ口

神護寺

西山高雄

地蔵院

慰称寺

展望台
（かわらけ投げ）

高雄の紅葉

御経坂

162

嵐山高雄パークウェイ

高雄小学校前

高雄小

広芝町

◎ 高雄
（出）

㊇ 高雄小

周山街道

菖蒲谷池

梅ヶ畑清水町

平岡八幡宮

平岡八幡前

0　　　　　　　　　　1Km

78

コウヤマキの巨木が立つ
西明寺

　平安時代の初期に、空海の十大弟子の1人、智泉によって神護寺の別院として創建されたと伝わる。その後衰退するが、平安時代末期に和泉国槇尾山寺の我宝自性が中興し、本堂・経蔵・宝塔などがつくられた。境内にはコウヤマキの巨木が立ち、槇尾の地名の由来になったとされる。神護寺、高山寺とともに古くから紅葉の名所であった。『源氏物語』第7帖「紅葉賀」では、紅葉の美しい頃、桐壺帝が高雄ではなく朱雀院に行幸する。

☎075-861-1770　京都市右京区梅ヶ畑槇尾町1
アクセス：JRバス「槇ノ尾」より徒歩5分
時間：9時〜17時
料金：500円　駐車場あり（市営11月有料）

空海が14年間住持した
神護寺

　天長元年（824）に和気氏の神願寺と高雄山寺が合併してできた寺院。高雄山寺には唐から帰国した空海が14年間住持していた。その後荒廃したが、平安時代の末、源頼朝の知遇を得た真言宗の僧・文覚によって再興された（肖像画・伝源頼朝像を所蔵）。すぐ西にそびえる標高924mの愛宕山は、古くから山岳仏教の拠点であり、『源氏物語』第50帖「東屋」にも「あたごの聖」が取り上げられている。

☎075-861-1769　京都市右京区梅ヶ畑高雄町5
アクセス：JRバス・市バス「高雄」より徒歩20分
料金：600円　駐車場あり（市営11月有料）

☎075-861-4204　京都市右京区梅ヶ畑栂尾町8
アクセス：市・JRバス「栂ノ尾」よりすぐ
時間：8時半〜17時（受付〜16時半）
料金：境内自由（石水院拝観料1000円）秋季は別途500円　駐車場あり（市営11月有料）

隠棲修行の場
高山寺

　宝亀5年（774）、光仁天皇の勅願により創建されたと伝わるが、平安時代には神護寺の別院として、隠棲修行の場であったともいわれる。文覚の弟子・明恵が建永元年（1206）に後鳥羽上皇の勅により、寺院を建立したのが、実質的な高山寺の創建とされる。「日本最古の漫画」といわれる『鳥獣人物戯画』（国宝）をはじめ、絵画・典籍など、多くの文化財を所蔵する。

足利義満の妻が紅葉狩り
平岡八幡宮

　大同4年（809）、空海が神護寺の鎮守として、豊前国の宇佐八幡宮から勧請して創建したと伝わる。その後、室町時代の火災により荒廃していたが、足利義満の妻が高雄へ紅葉狩りに来た際、荒れ果てた八幡宮を目にしたことで、義満により再興されたといわれる。江戸時代に再建された本殿の天井には、44面の花卉図が描かれ、「花の天井」と呼ばれる。

☎075-871-2084　京都市右京区梅ヶ畑殿ノ口町23
アクセス：市バス・JRバス「平岡八幡前」よりすぐ
時間：10時〜16時（受付は30分前）
料金：境内自由（花の天井公開時は800円）　駐車場あり

山吹と鈴虫の名所 松尾（まつお）

酒の神として有名な松尾大社を中心とするエリアで、鈴虫寺と呼ばれる華厳寺や苔寺の名で知られる西芳寺、月神を祀る月読神社がある。

山吹の花が咲き誇る
松尾大社（まつおたいしゃ）

大宝元年（701）、文武天皇の勅命によって、秦都理（はたのとり）が当地に社殿を建てたのが起源と伝わる。平安遷都後、西の王城鎮護社に位置付けられた（東は賀茂社）。中世以降は、酒の神として信仰される。また、山吹（やまぶき）の名所としても知られ、毎年4月に「山吹まつり」が催される。『源氏物語』第31帖「真木柱（まきばしら）」では、光源氏が山吹の花を見て、髯黒（ひげくろ）に嫁いだ玉鬘を懐かしむ場面がある。

☎075-871-5016　京都市西京区嵐山宮町3
アクセス：阪急電鉄「松尾大社」駅よりすぐ
時間：9時〜16時（日祝〜16時半）
料金：境内自由　駐車場あり

多くの鈴虫を飼育
華厳寺（鈴虫寺）（けごんじ・すずむしでら）

享保8年（1723）、学僧・鳳潭によって創建された、現在は臨済宗の寺院。8代目住職・台巌が鈴虫の音に禅の悟りの境地を感じ、鈴虫の飼育を始めたとされる。今では多くの鈴虫を育て、一年中鈴虫の音が絶えないという。『源氏物語』第38帖「鈴虫」では、光源氏が、女三の宮（おんなさんのみや）の御殿の庭に鈴虫を放ち、彼女の気を引くという場面がある。もっとも、当時は松虫のことを鈴虫と呼んだらしい。

☎075-381-3830　京都市西京区松室地家町31
アクセス：京都バス「苔寺・すず虫寺前」より徒歩1分
時間：9時〜17時（受付〜16時半）
料金：500円　駐車場なし（周辺に民間あり）

在原業平の叔父が修行
西芳寺（苔寺）（さいほうじ）

もとは聖徳太子の別荘だったといわれ、天平3年（731）、聖武天皇の勅願により、僧・行基が別荘から寺院に改めたと伝わる。平安時代に入って、平城天皇の皇子である真如法親王（しんにょほっしんのう）が修行をしたとされるが、同親王は光源氏のモデルとされる在原業平（ありわらのなりひら）の叔父に当たる。夢窓疎石（むそうそせき）作の枯山水庭園と苔で有名な池泉回遊式庭園があり、「苔寺」の通称で知られる。

☎075-391-3631　京都市西京区松尾神ヶ谷町56
アクセス：京都バス「苔寺・すず虫寺」より徒歩3分
時間：拝観は事前申込制で往復葉書又はオンライン
料金：冥加料3000円以上　駐車場なし

月神信仰の拠点
月読神社（つきよみ）

古代、壱岐（いき）から山背国葛野郡（かどの）に分祠された月神が、斉衡3年（856）、水害を避けるため、当地に遷座され、以降周辺に月神信仰が広がったとされる。境内には安産信仰発祥の石「月延石（つきのべいし）」が安置され、「安産守護のお社」として信仰を集める。『源氏物語』には、第4帖「夕顔」、第6帖「末摘花（すえつむはな）」、第8帖「花宴」をはじめ、男女の逢瀬に月の出てくる多くの場面がある。

☎075 394 6263　京都市西京区松室山添町15
アクセス：阪急電車「松尾大社」駅より徒歩7分
料金：境内自由　駐車場なし

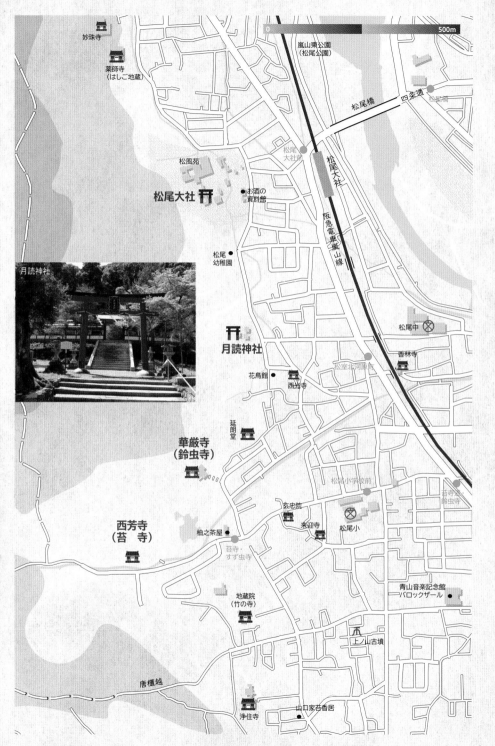

妙珠寺

薬師寺
（はしご地蔵）

嵐山東公園
（松尾公園）

0　　　　　　　　　　　　500m

松尾橋　四条通　松尾橋

松尾
大社前

松風苑

松尾大社 ⛩

お酒の
資料館

松尾
大社

阪
急
電
車
嵐
山
線

松尾
幼稚園

月読神社

月読神社 ⛩

松尾中

香林寺

松室北河原町

花鳥館

西端寺

延朗堂

華厳寺
（鈴虫寺）

松尾小学校前

苔寺道
鈴虫寺

玄忠院

西芳寺
（苔　寺）

柚之茶屋

苔寺・
すず虫寺

来迎寺

松尾小

青山音楽記念館
バロックザール

地蔵院
（竹の寺）

上ノ山古墳

唐櫃越

浄住寺

山口家苔香居

冷泉帝行幸の地 大原野

（おおはらの）

平安京の南西、小塩山の東側に位置し、藤原氏ゆかりの大原野神社や、光源氏のモデルの1人・在原業平ゆかりの十輪寺などがある。

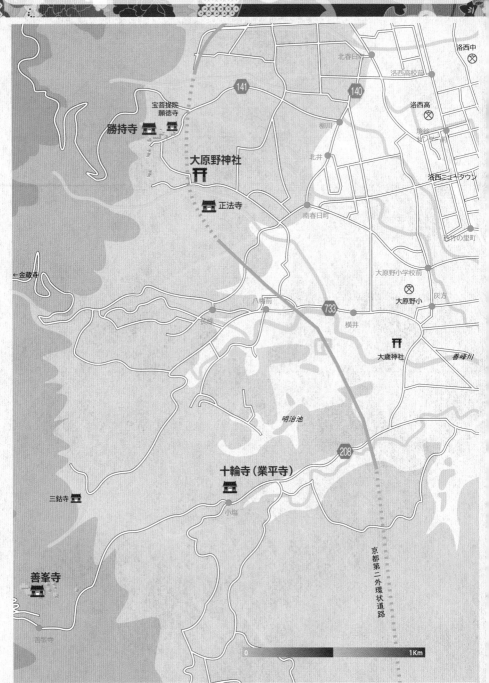

北春日町
洛西中
洛西高校前
141
140
洛西高
宝菩提院
願徳寺
勝持寺
柳川
北井
大原野神社
洛西ニュータウン
正法寺
南春日町
西竹の里町
←金蔵寺
大原野小学校前
八幡前
733
大原野小
灰方
横井
大歳神社
善峰川
明治池
208
十輪寺（業平寺）
三鈷寺
小塩
京都第二外環状道路
善峯寺
苔梨寺

0   1Km

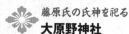
藤原氏の氏神を祀る
大原野神社

延暦3年（784）、平城京から長岡京への遷都の際、藤原氏の氏神である春日大社の分霊を勧請したのが始まりとされる。平安時代の中期には、円融天皇や一条天皇もたびたび行幸しており、朝廷からも崇敬される神社だった。『源氏物語』第29帖「行幸」で、冷泉帝が大原野へ鷹狩りの行幸をし、光源氏の養女・玉鬘がその行列を見物するという場面がある。

☎075-331-0014　京都市西京区大原野南春日町1152
アクセス：阪急バス「南春日町」より徒歩8分
時間：9時～17時
料金：境内自由　駐車場あり（有料）

紫式部も好んだ小塩山の麓にある
勝持寺（花の寺）

7世紀に役小角が創建したと伝わる。延暦3年（784）の大原野神社創建に伴い、その別当寺となり、延暦10年（791）、桓武天皇の勅により最澄が再興した。小塩山の東麓に位置し、山号は小塩山。『源氏物語』第29帖「行幸」では、冷泉帝と光源氏が、小塩山を詠み込んだ歌を交わしている。

また紫式部は、越前在住時に小塩山を偲ぶ歌を詠んだ。桜と紅葉の名所で「花の寺」として知られる。

☎075-331-0601　京都市西京区大原野南春日町1194
アクセス：阪急バス「南春日町」より徒歩15分
時間：9時半～16時半（受付は30分前まで）
料金：400円　駐車場あり

光源氏のモデル・在原業平ゆかりの寺
十輪寺

嘉祥3年（850）、文徳天皇が染殿皇后の世継ぎ祈願のため、最澄作の延命地蔵を安置したのが起源とされる。その後、皇后は無事皇子（清和天皇）を出産したので、文徳天皇は十輪寺を藤原家の祈願所とした。また、光源氏のモデルとされる在原業平が晩年閑居し、塩釜の風情を楽しんだといわれる。業平は、恋人の藤原高子（清和天皇の后）が大原野詣でをした際、煙で想いを伝えるため、ここで塩焼きを行ったと伝わる。「なりひら寺」とも。

☎075-331-0154　京都市西京区大原野小塩町481
アクセス：阪急バス「小塩」より徒歩1分（1時間に1便）
時間：9時～17時
料金：400円　駐車場あり

中宮彰子が産んだ天皇ゆかりの寺
善峯寺

長元2年（1029）、天台僧・源信（恵心僧都）の弟子、源算が自作の千手観音像を本尊に創建したと伝わる。その後、後一条天皇により勅願所に定められ、また、後朱雀天皇の命で洛東鷲尾寺にあった千手観音像が新たな本尊となった。両天皇の母親は、紫式部が仕えた中宮彰子で、誕生時の様子が『紫式部日記』に記述されている。

☎075-331-0020　京都市西京区大原野小塩町1372
アクセス：阪急バス「善峯寺」よりすぐ
時間：8時半～17時（土日祝は8時～）受付は15分前
料金：500円　駐車場あり（有料）

夕霧が法事のために訪れた 伏見

京阪電車本線の伏見稲荷から墨染にかけてのエリアで、極楽寺の後身とされる宝塔寺のほか、伏見稲荷大社、藤森神社、欣浄寺がある。

夕霧の祖母・大宮の一周忌が行われた
宝塔寺（極楽寺）

藤原基経が嘉祥年間（848～851）に創建した極楽寺が前身とされる。『源氏物語』第33帖「藤裏葉」では、夕霧の母方の祖母（葵の上の母）、大宮の一周忌が極楽寺で行われている。室町時代に日蓮宗の僧・日像が当寺で入寂し、その後宝塔寺に改名された。境内にある多宝塔は、室町時代中期以前のもので、京都で一番古い多宝塔である。

☎075-641-1859　京都市深草宝塔寺山町32
アクセス：京阪電車「龍谷大前深草」駅より徒歩10分
時間：9時～17時
料金：境内自由　駐車場なし

清少納言も苦労して参詣した
伏見稲荷大社

和銅4年（711）の創建とされ、全国の稲荷神社の総本宮である。当初は農耕の神であったが、中世以降は、商売繁盛・家内安全の神として広く人々の信仰を集めた。平安時代に始まった「稲荷祭」が、毎年4月下旬から5月3日にかけて行われる。清少納言は『枕草子』の中で、「うらやましげなるもの」として、稲荷詣でで出会った健脚の中年女性を上げている。有名な千本鳥居は江戸時代に奉納によって形成された。

☎075-641-7331　京都市伏見区深草薮之内町68
アクセス：JR「稲荷」駅よりすぐ
時間：授与所9時～17時（季節により異なる）
料金：境内自由　駐車場あり

深草少将ゆかりの寺
欣浄寺

日本曹洞宗の開祖・道元が鎌倉時代に創建したと伝わる。当地には平安の昔、小野小町の恋人、深草少将の邸宅があったとされ、境内には「少将の通い道」や少将と小町の塚、「墨染井戸」と呼ばれる井戸がある。深草少将は小町のもとへ百夜通って思いを遂げようとしたが、いよいよ百日目という日に雪道で倒れ、命を落としたという伝承がある。

☎075-642-2147　京都市伏見区西枡屋町1038
アクセス：京阪電車「墨染」駅より徒歩2分
料金：境内自由　駐車場なし

菖蒲（端午）の節句発祥の地
藤森神社

社伝によると、神功皇后によって3世紀に創建されたという。毎年5月5日に催される藤森祭は、貞観2年（860）に藤原良房が、清和天皇を招いて執り行った「深草貞観の祭」が起源とされる。本殿は、江戸時代中期に中御門天皇から賜った御所の賢所といわれる。菖蒲（端午）の節句発祥の地として知られ、近年では勝運、馬の神として、競馬ファンにも人気がある。『源氏物語』第25帖「蛍」では、端午の節句に六条院の馬場で騎射が行われる。

☎075-641-1045　京都市伏見区深草鳥居崎町609
アクセス：JR「JR藤森」駅より徒歩5分
時間：9時～17時
料金：境内自由（6月の紫陽花苑が300円）　駐車場あり（有料）

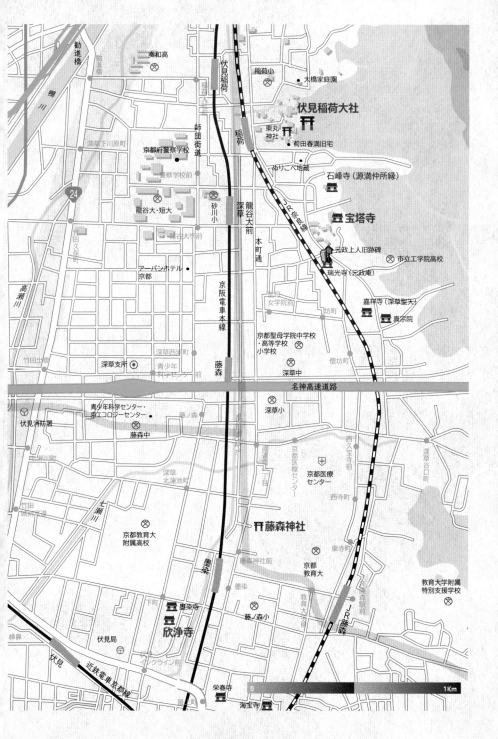

勧進橋

勧進橋

奏和高

稲荷小

大橋家庭園

伏見稲荷

鴨川

深草下川原町

師団街道

京都府警察学校

警察学校前

伏見稲荷大社

東丸神社

荷田春満旧宅

ぬりこべ地蔵

石峰寺(源満仲所縁)

24

龍谷大・短大

砂川小

龍谷大学前

龍谷大前

深草

本町通

宝塔寺

元政上人旧跡碑

瑞光寺(元政庵)

市立工学院高校

アーバンホテル
京都

高瀬川

京阪電車本線

女学院前

嘉祥寺(深草聖天)

一ノ坊町

真宗院

藤森

京都聖母学院中学校
・高等学校
小学校

深草西浦町

僧坊町

竹田出橋

深草支所

青少年
科学センター前

深草小

名神高速道路

青少年科学センター・
京エコロジーセンター

伏見消防署

一ノ瀬川町

藤森中

深草
北蓮池町

深草
一丁目

直違橋

西久宝寺前

京都医療
センター

深草谷口町

西寺町

竹田
城南宮道

七瀬川

京都教育大
附属高校

藤森神社

東寺町

藤森神社前

京都
教育大

教育大学附属
特別支援学校

棒鼻

墨染

下町

喜染寺

墨染

藤ノ森小

教育大前

欣浄寺

伏見局

藤森駅前

JR藤森

イクライン前

近鉄電車京都線

伏見

栄春寺

最町

海宝寺

0　　　　　　　　　　　　　　　1Km

平安時代の風情漂う 城南宮

方除の大社・城南宮を中心とするエリアで、白河・鳥羽上皇ゆかりの鳥羽離宮跡公園や安楽寿院、六地蔵で有名な浄禅寺などがある。

源氏物語ゆかりの草木が見られる
城南宮

城南宮は平安遷都の際、都の南に国と都を守護する神社として創建されたと伝わり、祭神は、城南大神と崇められた。平安時代後期、白河上皇が城南宮を中心とする鳥羽の地に鳥羽離宮（城南離宮）を造営すると、一帯は大いに栄え、離宮の鎮守として祭礼行事は一層盛んとなった。境内にある神苑「楽水苑」は、『源氏物語』ゆかりの植物が多く植栽され、「源氏物語 花の庭」として親しまれている。早春の椿・しだれ梅、新緑の季節の藤と躑躅、秋の草花と紅葉など四季折々に美しい。毎年4月29日に平安貴族の歌遊びを再現する「曲水の宴」が催されることでも知られる。

> ☎075-623-0846　京都市伏見区中島鳥羽離宮町7
> アクセス：近鉄・地下鉄「竹田駅」より徒歩約15分
> 時間：9時〜16時半（受付〜16時）
> 料金：境内参拝自由　神苑拝観は800円（時期により異なる）　駐車場あり

不義の子に悩んだ？鳥羽上皇が創建
安楽寿院

白河上皇に続いて、鳥羽離宮の造営に取り組んだ鳥羽上皇（白河上皇の孫）が、同離宮の東殿に築いた仏堂が起源とされる。皇室ゆかりの寺院で、境内に隣接して鳥羽天皇と近衛天皇の御陵がある。鳥羽上皇の中宮璋子（待賢門院）は白河法皇の養女で、第1子の顕仁親王（後の崇徳天皇）の父親は白河法皇であると噂され、不義の子という点で、顕仁親王は『源氏物語』の冷泉帝や薫を彷彿させる。

> ☎075-601-4168　京都市伏見区竹田中内畑町74
> アクセス：京都市営地下鉄・近鉄「竹田」駅より徒歩10分
> 料金：境内自由　駐車場なし

鳥羽作道沿いに建つ
浄禅寺

鳥羽作道（羅城門から淀方面に向かう古代路）の沿道に建つ寺院で、創建時は未詳。文覚上人が、片思いの人妻・袈裟御前を誤って殺してしまった悔恨の念から創建したとも伝わる。境内の地蔵堂にある地蔵菩薩像は、平安時代の初め小野篁が地獄から生還した際、1木から6体を刻んだ地蔵像の1つといわれ（鳥羽地蔵）、当寺は「六地蔵めぐり」の1ヵ所となっている。

> ☎075-691-3831　京都市南区上鳥羽南岩ノ本町90
> アクセス：市バス「地蔵前」よりすぐ
> 時間：9時〜16時
> 料金：境内自由　駐車場あり

六条院を真似て造営
鳥羽離宮跡公園

　鳥羽離宮（城南離宮）は、白河上皇が院政を執るために造営した院御所で、東西約1km、南北約1.2kmの広大な面積を有し、大池のある庭園や豪奢な宮殿を備えていた。白河上皇は『源氏物語』を好み、主人公の光源氏が造営した六条院に触発されて、鳥羽離宮を築いたといわれる。当公園は、鳥羽離宮の南殿跡に史跡公園として整備されたものである。

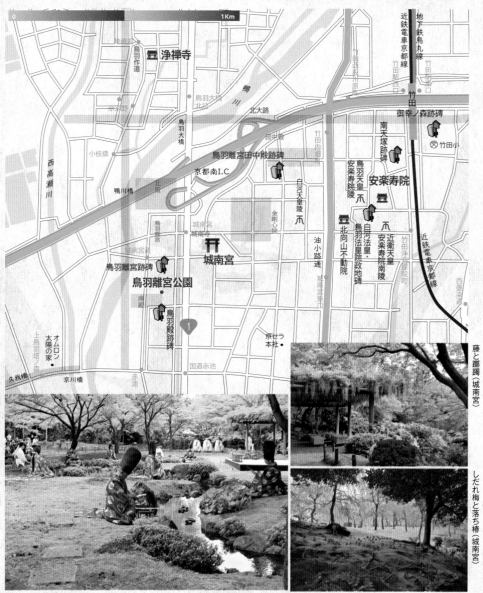

藤と躑躅（城南宮）

しだれ梅と落ち椿（城南宮）

曲水の宴（城南宮）

藤原氏の陵墓がある 木幡・六地蔵

平安京から宇治へ向かう途中に位置し、藤原氏の菩提寺・淨妙寺があったエリアで、小野篁ゆかりの大善寺や、藤原氏の墓所・宇治陵などがある。

水上交通の要だった巨椋池の名残
木幡池

北池・中池・南池の三池から成り、巨椋池の名残とされる。巨椋池は、宇治川・木津川・淀川の三川合流点の上流に広がっていた湖で、古代より水上交通の中継地として大きな役割を果たしていたが、昭和初期の干拓事業により大半は農地に姿を変えた。『源氏物語』に巨椋池は出てこないが、都と宇治を行き来したであろう紫式部も、水を湛えた巨椋池の光景を眺めていたはずである。

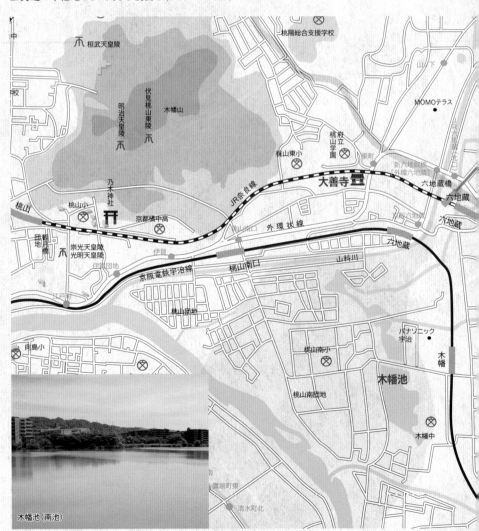

木幡池（南池）

六地蔵の地名の由来となった
大善寺

慶雲2年（705）、藤原（中臣）鎌足の子・定恵の創建と伝わる。また、仁寿2年（852）に小野篁が木幡山から1本の桜の樹を切り出し、6体の地蔵菩薩像を刻んで安置したとも伝わり、六地蔵の名の由来とされる。六地蔵は古くから東の伏見、南の宇治、北の山科を結ぶ交通の要衝であり、『源氏物語』「宇治十帖」の薫や匂宮も、京から六地蔵を通り、木幡を抜けて宇治へ向かったのだろう。「六地蔵めぐり」の1ヵ所。

☎075-611-4966　京都市伏見区桃山町西町24
アクセス：JR・京阪電車「六地蔵」駅より徒歩10分
時間：6時～17時
料金：境内自由　駐車場あり

藤原氏の菩提寺を偲ぶ
許波多神社

社伝によると、大化元年（645）に皇極天皇が夢でお告げを受け、中臣鎌足に命じて木幡荘に社殿を造営させたのが始まりという。付近は森に囲まれ、かつての木幡の雰囲気を偲ばせている。藤原道長が寛弘2年（1005）から2年かけて創建した、浄妙寺という広大な藤原氏の菩提寺は、この北東（木幡小学校の辺り）にあったとされる。なお、同名の神社が宇治市五ヶ庄にもある。

宇治市木幡東中
アクセス：JR・京阪電車「木幡」駅より徒歩7～9分
料金：境内自由　駐車場なし

宇治陵1号

中宮彰子も眠る
宇治陵

5、6世紀の古墳とともに、平安時代の藤原氏一族の陵墓が散在し、宇治陵と呼ばれる。陵墓は、藤原冬嗣・基経・時平・道長・頼道のほか、彰子ら藤原氏から入内した中宮などの埋葬地とされる。道長が、木幡に藤原氏の菩提寺・浄妙寺を創建したのは、藤原氏の先祖代々の墓があったからだといわれる。『源氏物語』第36帖「柏木」で、光源氏に睨まれ、衰弱死した柏木は、宇治陵辺りに埋葬されたとも。

末摘花の兄がいた 醍醐

六地蔵から大津へ抜ける街道の途中に位置し、醍醐寺・随心院・勧修寺・善願寺など、平安時代初期創建の寺院が多く見られる。

紫式部の先祖のロマンスに繋がる
勧修寺

昌泰3年（900）、醍醐天皇が若くして亡くなった生母・藤原胤子の追善のため、右大臣・藤原定方に命じて、宇治郡司・宮道弥益の邸宅跡に造立させたと伝わる。胤子の父は紫式部の先祖に当たる藤原高藤、母は宮道弥益の娘・列子で、2人のロマンスは『今昔物語』にも描かれており、『源氏物語』における光源氏と明石の君のロマンスのモデルになったともいわれる。水鳥が戯れ、四季折々の花が美しい境内の池泉回遊式庭園は、源氏物語の世界を彷彿とさせる。

☎075-571-0048　京都市山科区勧修寺仁王堂町27-6
アクセス：京都市営地下鉄「小野」駅より徒歩6分
時間：9時～16時　料金：庭園拝観のみ400円
駐車場あり

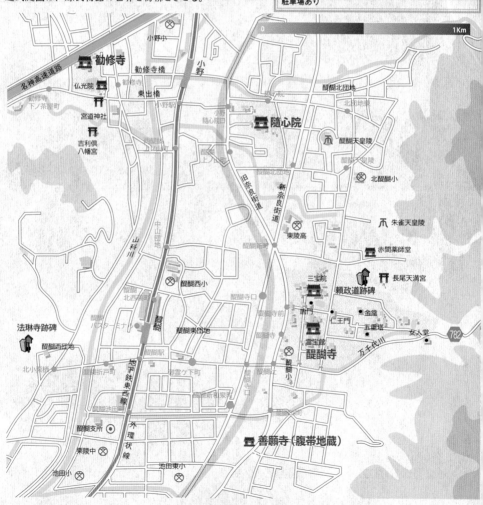

0　　　　　　　　1Km

名神高速道路
小野小
勧修寺
勧修寺橋
仏光院
勧修寺
東出橋
小野
小野
小野駅
醍醐北団地
北団地東
勧修寺
下ノ茶屋町
宮道神社
随心院口
随心院
醍醐天皇陵
吉利倶
八幡宮
醍醐
上ノ山町
醍醐天皇陵
北醍醐小
日奈良街道
新奈良街道
朱雀天皇陵
中山団地
山科川
醍醐新町
東陵高
赤間薬師堂
長尾天満宮
醍醐西小
三宝院
頼政道跡碑
醍醐寺口
唐門
金堂
醍醐
北西団地
醍醐寺前
仁王門
五重塔
法琳寺跡碑
醍醐
バスターミナル
醍醐寺
霊宝館
醍醐寺
女人堂
醍醐西田地
醍醐東団地
万千代川
北小栗橋
醍醐駅
醍醐小
醍醐
醍醐折戸町
御霊ケ下町
醍醐上
782
地下鉄東西線
醍醐池田町
醍醐新和泉町
醍醐支所
外環状線
東陵中
善願寺（腹帯地蔵）
池田小
池田東小

末摘花の兄が阿闍梨だった
醍醐寺

貞観16年（874）、理源大師・聖宝が創建した真言宗醍醐派の総本山。その後、醍醐天皇が祈願寺とし、薬師堂、釈迦堂（金堂）、五重塔が建立されるなど大伽藍が成立し、発展した。『源氏物語』第23帖「初音」では、末摘花の兄が醍醐寺の阿闍梨という設定になっている。現在、国宝に指定されている俵屋宗達作の「源氏物語関屋澪標図屏風」（静嘉堂文庫美術館所蔵）は、もとは寛永8年（1631）9月に醍醐寺三宝院門跡・覚定に納品されたものといわれる。

☎075-571-0002
京都市伏見区醍醐東大路町22
アクセス：京阪バス「醍醐三宝院」よりすぐ

時間：下醍醐は9時〜17時（冬期12月第一日曜翌日〜2月末は〜16時半）受付は30分前まで　上醍醐は9時〜15時（冬期は〜14時）　料金：1500円（季節により異なる）　駐車場あり（有料）

絶世の美女・小野小町ゆかりの寺
随心院

正暦2年（991）に真言宗の僧・仁海が創建した牛皮山曼荼羅寺の塔頭であったと伝わる。仁海は神泉苑で何度も雨乞の祈祷を行い、「雨僧正」の異名があった。曼荼羅寺の寺地は、仁海が一条天皇から寄進されたものとされる。光源氏のモデル・在原業平をも惑わしたとの伝承がある絶世の美女、小野小町ゆかりの寺としても知られ、境内には小町の化粧井戸や、深草少将ら多くの貴公子から寄せられた恋文を埋めたとされる文塚などがある。

文塚

☎075-571-0025
京都市山科区小野御霊町35
アクセス：京都市営地下鉄「小野」駅より徒歩5分
時間：9時〜17時（受付は〜16時半）
法要・行事時休　料金：500円　駐車場あり

横川僧都のモデル・恵心僧都が再興した
善願寺（腹帯地蔵）

8世紀に聖武天皇の后・光明皇后の発願により、僧・行基が地蔵尊を本尊として、創建したとされる。平安時代の長保年間（999〜1004）に、源信（恵心僧都）が再興し、丈六（1丈6尺／約4.85m）の地蔵尊を安置して、女性の難産を救済するため、千部の地蔵菩薩本願経を読誦、写経して地蔵尊の胎内に収めたといわれる。源信は『源氏物語』の「宇治十帖」に登場する横川僧都のモデルとされる

☎075-571-0036　京都市伏見区醍醐南里町33
アクセス：京阪バス「醍醐和泉町」より徒歩3分
時間：9時半〜16時　不定休
料金：500円（要予約）　駐車場あり

落葉の宮ゆかりの地 小野郷（おのごう）・杉坂（すぎさか）

京都市街の北西部に位置する山間のエリアで、落葉の宮を祀るとされる岩戸落葉神社のほか、小野道風ゆかりの道風神社がある。

京都市北区小野下ノ町170
アクセス：JR西日本バス「小野郷」より徒歩3分
料金：境内自由　駐車場なし

落葉姫命を祀る
岩戸落葉神社（いわとおちば）

　岩戸社と落葉社から成る。創建年は不祥。元和（げん）年間（1615〜1624）に岩戸社が火災に遭い、落葉社と合祀されたと伝わる。岩戸社は水に関わる神を祀り、落葉社は落葉姫命（おちばひめのみこと）を祀る。落葉姫とは、『源氏物語』に登場する、柏木の未亡人・落葉の宮のこと。第39帖「夕霧」で、彼女は病身の母と共に「小野の山荘」に隠棲する（そこへ彼女を慕う夕霧が訪れる）設定であることから、小野郷にある当社に祀られるようになったとも。

半国高山
670.0

岩戸落葉神社

小野郷

北山の里

162

京都北山杉の里
総合センター

中川トンネル

宗蓮寺

北山大台杉

162

107

地蔵院

31

道風神社

0　　　1Km

京都市北区杉阪道風町1

三跡の1人、小野道風を祀る
道風神社（とうふう）

　平安時代の書家で、三跡の1人、小野道風（小野篁（たかむら）の孫）を祀る神社。延喜（えんぎ）20年（920）、若き道風が当地に庵を結び、書の修練に励んだのが当社の始まりとされる。境内には、道風がその水を硯に使ったとされる積翠池（しゃくすいいけ）がある。『源氏物語』第17帖「絵合」で、出品の中に道風の字が添えられているものがあり、「今めかしう」（現代的だ）と評されている。

玉蔓も参詣した 石清水八幡宮

京都盆地の南西にある男山山頂に位置し、楼門から奥へ拝殿・幣殿・本殿と社殿が続き、建物はいずれも国宝に指定されている。

藤原道長も一族を引き連れ参拝
石清水八幡宮

　貞観元年（859）に南都の僧・行教が、九州の宇佐神宮で八幡大菩薩のお告げを受け、男山に社殿を造営したのが始まりとされる。都の裏鬼門を守る神として信仰を集め、一条天皇も行幸、藤原道長は妻子ら一族を引き連れて参拝している。『源氏物語』第22帖「玉蔓」では、筑紫から帰京した玉蔓が、まず参拝する神社として登場する。毎年9月15日に催される石清水祭は三大勅祭の一つ。

☎075-981-3001　八幡市八幡高坊30
アクセス：京阪電車「石清水八幡宮駅」すぐ（本殿までは30分程度）
時間：6時～18時
料金：境内自由　駐車場あり（有料）

神仏習合の名残を留める
石清水八幡宮参道

　石清水八番宮は、明治の廃仏毀釈までは石清水八幡護国寺という神仏習合の官寺でもあった。清水寺、延暦寺、仁和寺などと深い関係を持ち、男山48坊という僧坊が軒を連ねていたといわれるが、今では上院参道の両側に並ぶ灯籠のみが、当時を偲ぶよすがとなっている。

「宇治十帖」の舞台 **宇治**

宇治橋を中心にしたエリアで、宇治川の左岸側に平等院や橋姫神社、右岸側に宇治神社、宇治上神社、恵心院、宇治市源氏物語ミュージアムなどがある。

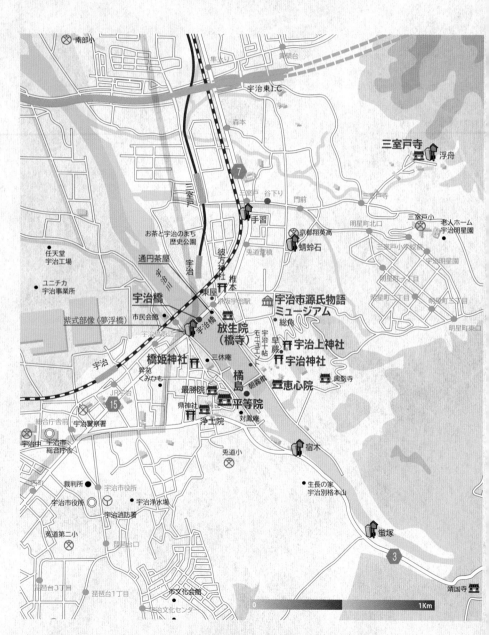

光源氏の遺産「夕霧の別荘」のモデル
平等院

宇治の地は、平安時代初期から、貴族らの別荘が営まれていた。光源氏のモデルとされる左大臣・源融もその1人で、融の山荘は、陽成天皇から宇多天皇、朱雀天皇、宇多天皇の孫・源重信の所有を経て、藤原道長の「宇治殿」となった。そして永承7年（1052）、道長の嫡男・藤原頼通が「宇治殿」を引き継ぎ、寺院に改めたものが平等院である。『源氏物語』の宇治十帖に登場する夕霧の別荘（光源氏の遺産）のモデルとされ、第46帖「椎本」では、匂宮が初瀬詣での帰り、この別荘で薫に迎えられる。

☎0774-21-2861　宇治市宇治蓮華116
アクセス：JR・京阪電車「宇治」駅より徒歩10分
時間：8時半〜17時半（鳳翔館9時〜17時）受付は15分前
料金：600円（庭園・鳳翔館ミュージアム）　駐車場なし（周辺に民間あり）

西の袂に紫式部の石像がある
宇治橋

大化2年（646）に、奈良元興寺の僧、道登・道昭によって架けられたと伝わり、瀬田の唐橋（滋賀県大津市）、山崎橋（京都府大山崎町／廃絶）とともに日本三古橋に数えられる。橋の西詰には源氏物語の作者・紫式部の石像があり、また、『源氏物語』第54帖「夢の浮橋」にちなんで、夢浮橋之古跡の石碑が建つ。この橋は、平安時代の末期、以仁王が挙兵した際には合戦の舞台となった。

紫式部の石像と「夢浮橋」の古蹟碑

八の宮の長女・大君をしのぶ
橋姫神社

大化2年（646）、宇治橋が架けられた時、橋の守護神・瀬織津姫（橋姫）を祀ったのが始まりとされる。もとは宇治橋の中央部上流側にあったが、洪水で流され、明治期に現在地に移されたという。『源氏物語』第45帖「橋姫」の巻名は、薫が八の宮の長女・大君を橋姫に例えて読んだ歌「橋姫の 心を汲みて 高瀬さす 棹のしづくに 袖ぞ濡れぬる」にちなんでいる。

☎0774-21-2017　宇治市宇治蓮華46
アクセス：JR・京阪電車「宇治」駅より徒歩8〜10分　駐車場なし

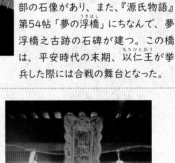

本殿

氏神が八の宮のモデルとも
宇治神社

　宇治上神社とは、二社一体の存在であったとされ、創建時期は不詳であるが、延長2年(927)成立の『延喜式』に「宇治神社二座」の記載がある。祭神は菟道稚郎子命で、その名が宇治の地名の由来とされる。菟道稚郎子は応神天皇の息子であり、仁徳天皇の弟。兄を差し置き皇太子となるが、兄に皇位を譲るべく、この地で自殺したと伝えられ、『源氏物語』「宇治十帖」の八の宮は、菟道稚郎子をモデルにしているともいわれる。

> ☎0774-21-3041　宇治市宇治山田1
> アクセス：JR・京阪電車「宇治」駅より徒歩9〜15分
> 料金：境内自由　駐車場あり(有料)

「八の宮の山荘」の候補地1
宇治上神社

　宇治神社の北東に位置し、『源氏物語』の「宇治十帖」に出てくる八の宮の山荘は、この辺りにあったと想定されている。宇治川をはさんで対岸には、光源氏から引き継がれた夕霧の別荘(平等院の辺り)があり、薫や匂宮がその間を行き来する。本殿は平安時代中期に創建されたもので、拝殿とともに国宝に指定されている。

> ☎0774-21-4634　宇治市宇治山田59
> アクセス：JR・京阪電車「宇治」駅より徒歩10〜17分
> 時間：5時〜16時半
> 料金：境内自由　駐車場あり

「浮舟」の石碑が立つ
三室戸寺

　宝亀元年(770)、光仁天皇の勅願により南都の僧・行表が創建したと伝わる。平安時代になって、花山法皇がこの地に離宮を築き、当寺を西国三十三巡礼の10番札所としたとされる。境内には、『源氏物語』第51帖「浮舟」の古蹟碑が立つ。また、池泉回遊式庭園や石庭、アジサイ園があり、「あじさい寺」としても知られる。

> ☎0774-21-2067　宇治市菟道滋賀谷21
> アクセス：京阪電車「三室戸」駅より徒歩15分
> 時間：8時半〜16時半(11〜3月は〜16時)　受付は50分前まで　料金：1000円(2/18〜7/17及び11月中の花と紅葉の時期)それ以外の期間は500円　駐車場あり(有料)

「浮舟」の古蹟碑

匂宮・浮舟ゆかりの島
橘島

　『源氏物語』第54帖「夢の浮橋」では、匂宮が浮舟を宇治の山荘から宇治川対岸の隠れ家へ連れ出す場面がある。2人を乗せた小舟は、有明の月に照らされながら、やがて、橘の小島にさしかかり、2人は歌を詠み交わす。現在、宇治橋上流の中の島の下流側の島が橘島と呼ばれている。同島から宇治川左岸に向け、朝霧橋という橋が架けられ、橋の東詰に匂宮と浮舟のモニュメントが置かれている。

浮舟を助けた横川僧都ゆかりの寺
恵心院

弘仁12年（821）、空海によって創建された龍泉寺が起源とされる。寛弘2年（1005）、比叡山横川の恵心僧都（源信）が再建し、恵心院と名付けられた。源信は『源氏物語』の「宇治十帖」で、宇治川に入水した浮舟を助け、仏門へ導いた横川僧都のモデルといわれる。境内には椿、梅、桜、山吹、アジサイなど様々な花が植えられ、「花の寺」としても知られる。

```
☎0774-21-3942　宇治市宇治山田67
アクセス：JR・京阪電車「宇治」駅より徒歩10〜15分
時間：9時〜17時
料金：境内自由　駐車場なし
```

「宇治十帖」その他の石碑

早蕨（さわらび）

椎本（彼方神社）
（しいがもと（おちかた））

東屋観音（あずまや）

手習（てならい）

総角（あげまき）

蜻蛉石（かげろう）

宿木（やどりぎ）

「八の宮の山荘」の候補地2
放生院（橋寺）

推古天皇12年（604）、聖徳太子の命で秦河勝が創建したと伝わる。大化2年（646）に宇治橋が架けられると、橋を管理する寺となり、橋寺と呼ばれるようになった。本堂の前にある宇治橋断碑は、宇治橋の由来を彫ったもので、日本三古碑の一つとされる。『源氏物語』「宇治十帖」の舞台である八の宮の山荘は、宇治川に近いこの辺りだったという想定もある。秋、境内に咲く酔芙蓉が有名。

```
☎0774-21-2662　宇治市宇治東内11
アクセス：京阪電車「宇治」駅より徒歩5分
時間：9時〜17時（11〜3月は〜16時）
料金：300円（宇治橋断碑）　本堂500円　駐車場なし
```

源氏物語の専門博物館
宇治市源氏物語ミュージアム

平成10年（1998）に開館した、『源氏物語』に関する専門博物館。模型や映像により、光源氏や「宇治十帖」の世界を分かりやすく解説する。テーマごとに分かれた展示ゾーンでは、当時の歴史・文化を伝えながら、源氏物語の魅力を様々な映像で紹介する。また、4500冊以上の蔵書を揃え、見るだけでなく読んで楽しむこともできる。定期的に関連講座も開催。

```
☎0774-39-9300　宇治市宇治東内45-26
アクセス：JR・京阪電車「宇治」駅より徒歩8〜15分
時間：9時〜17時（入館は30分前まで）　月曜（祝日の場合翌日）・年末年始休
料金：600円　駐車場あり（有料）
```

光源氏と空蝉が再会した地 逢坂

かつての近江国と山城国の境に位置し、関所（逢坂の関）の跡碑や、百人一首で有名な歌人・蝉丸ゆかりの関蝉丸神社などがある。

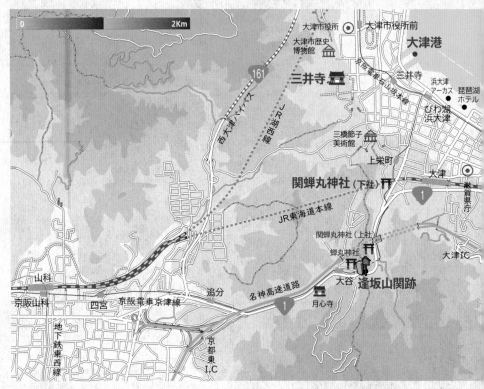

 三関の一つ

逢坂山関跡

　山城国と近江国の境にある関所。大化2年（646）に設置された後、一時廃止されるが、斉衡4年（857）に再設置された。東海道と東山道（後の中山道）が通り、交通の要衝に位置する重要な関所であった。平安時代中期以降は、不破関、鈴鹿関とともに三関の一つに上げられている。『源氏物語』第16帖「関屋」では、石山寺に向かう光源氏と、常陸国から帰京する空蝉が逢坂の関で偶然再会する場面がある。

関蝉丸神社（下社）

歌人・蝉丸ゆかりの神社
関蝉丸神社（せきせみまる）

弘仁13年（822）、小野岑守が旅人を守る神、猿田彦命（さるたひこのみこと）（上社）と豊玉姫命（とよたまひめのみこと）（下社）を祀ったのが起源と伝わり、逢坂の関の守護神として崇拝された。上社と下社からなり、分社である蝉丸神社と合わせて、「蝉丸神社」と総称されることも。百人一首で有名な歌人・蝉丸が、逢坂山に庵を結んだことから、死後当社に祀られ、神社名となった。

☎077-524-2753（県神社庁）　大津市逢坂一丁目15-6（下社）
アクセス：京阪電車「上栄町」より徒歩5分
料金：境内自由　駐車場なし

紫式部の父が出家した寺
三井寺（みいでら）（園城寺（おんじょうじ））

7世紀に大伴（おおとも）氏の菩提寺として創建されたと伝えられ、9世紀に天台僧・円珍（えんちん）によって再興された。平安時代以降、皇室や貴族、武家の信仰を集めて繁栄した。紫式部と縁の深い寺院で、式部の父・藤原為時（ためとき）は、式部の死後、三井寺で出家している。また、式部の母の兄弟である康延（えん）、式部の異母兄弟である定暹（じょうせん）は三井寺の僧侶であった。『紫式部日記』に中宮彰子（しょうし）が出産の際、園城寺の心誉阿闍梨（しんよあじゃり）が、物の怪（もののけ）の調伏（ちょうぶく）に当たったとある。

☎077-522-2238　大津市園城寺町246
アクセス：京阪電車「三井寺」駅より徒歩7分
時間：8時〜17時（受付は30分前まで）
料金：600円　駐車場あり（有料）

紫式部もここから出航？
大津港（びわこ）

古来、琵琶湖は貴重な水源であるとともに、重要な交通の要衝であった。大津港は、天智（てんち）天皇が大津京を開いた際に整備されたといわれ、平安遷都以降は、都の外港として栄えた。紫式部は、父・藤原為時の越前守（えちぜんのかみ）就任に同行して、越前へ下向しているが、都を出て逢坂山を越えたのち、大津港から船に乗り、琵琶湖北岸の塩津へ向かったと考えられている。

『源氏物語』第26帖「常夏」で、滋賀出身と思しき近江の君が登場するのは、式部の経験からとも。

琵琶湖から流れ出る宇治川の畔のエリアで、平安時代に官女の参詣が盛んだった石山寺があり、古くからの交通の要衝、瀬田唐橋が架かる。

多宝塔

東大門

「源氏の間」がある
石山寺

　天平19年（747）、聖武天皇の勅願により、東大寺開山の良弁が聖徳太子の念持仏であった如意輪観音を祀ったのが始まりと伝わる。平安時代半ばに僧・淳祐が再興した。紫式部が当寺に参篭した際に8月15日の名月を見て、『源氏物語』の「須磨」「明石」の巻の着想を得たという伝承から、本堂に「源氏の間」が設けられ、境内には紫式部像や紫式部供養塔がある。当時、宮廷の官女の間で石山詣でが盛んに行われ、藤原道綱母の『蜻蛉日記』や菅原孝標女の『更級日記』にも描写されている。また『和泉式部日記』には、敦道親王との恋に悩んだ和泉式部が、当寺に籠った様子が綴られている。

紫式部像

千日会

本堂

☎077-537-0013　大津市石山寺1-1-1
アクセス：京阪電車「石山寺」駅より徒歩10分
時間：8時〜16時半（入山は16時まで）
料金：600円（本堂内陣や展覧会は別途）　駐車場あり（有料）

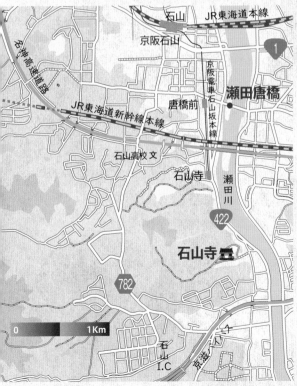

空蝉の一行も渡った？
瀬田唐橋

　8世紀の大津京遷都の頃に架けられたと考えられている。東方面から京へ通じる交通の要衝にあり、古来「唐橋を制する者は天下を制す」といわれた。壬申の乱や源平合戦でも戦いの舞台となった。平安時代、平将門討伐で有名な藤原秀郷が、瀬田唐橋で大蛇に頼まれ、近江三上山の百足を退治したという伝説がある。近江八景の一つ、「瀬田の夕照」としても知られる。『源氏物語』第16帖「関屋」で、常陸国から帰京する空蝉は、逢坂の関で光源氏一行と出会う少し前に、この橋を渡ったのだろう。

玉鬘・匂宮も参詣した 長谷寺（はせでら）

初瀬山の中腹に広がる長谷寺のエリアで、麓の仁王門から本堂まで九十九折の登廊でつながれ、「玉鬘」ゆかりの二本の杉などがある。

境内に咲くボタンの花（牡丹園）

「初瀬詣で」で知られる 長谷寺（はせでら）

　真言宗豊山派の総本山で、神亀4年（727）、聖武天皇の勅願により本尊十一面観音像が祀られたと伝わる。平安時代中期以降、観音霊場として貴族や女性の信仰を集めた（初瀬詣で）。万寿元年（1024）には藤原道長が参詣、『枕草子』『蜻蛉日記』『更級日記』にも初瀬詣でが出てくる。『源氏物語』第22帖「玉鬘」では、筑紫から帰京した玉鬘が参詣し、第46帖「椎本」では、匂宮が初瀬詣での帰りに宇治の夕霧の別荘に立ち寄り、第53帖「手習」では、初瀬詣での帰りに発病した母を迎えに来た横川僧都が、宇治で気を失った浮舟を助ける場面がある。

☎0744-47-7001
奈良県桜井市初瀬731-1
アクセス：近鉄電車「長谷寺」駅より徒歩15分（山門）
時間：8時半〜17時（季節により異なる）
料金：500円　駐車場あり（有料）

本堂

『枕草子』で活写された
登廊（のぼりろう）

入り口の仁王門（におうもん）から本堂まで、399段の屋根付きの階段があり、登廊と呼ばれる。下登廊、中登廊、上登廊に区分され、長暦（ちょうりゃく）3年（1039）に春日大社の社司・中臣信清（なかとみののぶきよ）が子どもの病気平癒の御礼に寄進したのが起源とされる。それ以前にも、清少納言が『枕草子』の中で、若い僧侶たちが高歯の下駄をはいて、経を口ずさみながら階段のある長廊を行き来していると、描写している。

右近が詠んだ歌にちなむ
二本の杉（ふたもと）

境内にある、根元から2本に分かれた杉の大木。『源氏物語』第22帖「玉蔓」で、玉蔓と再会した右近（玉蔓のかつての侍女）が詠んだ歌「ふたもとの 杉のたちどを 尋ねずは ふる川のべに 君をみましや」にちなんでいる（ふる川とは初瀬川と合流する布留川のこと）。『古今和歌集』（平安時代初期に成立した最初の勅撰和歌集）に「はつせ川 ふる川のへに 二本ある杉 年をへて またもあひ見む 二本ある杉」（1009番／読み人知らず）という歌があり、右近の歌はそれを踏まえている。

正午に法螺貝（ほらがい）の音が響く
鐘楼

慶安（けいあん）3年（1650）に再建されたもので、登廊の突き当りにあり、梵鐘は「尾上の鐘」（おのえ）と呼ばれる。清少納言は『枕草子』の中で、長谷寺に詣でた際、俄（にわ）かに吹かれるほら貝の音に驚かされたと綴っているが、現在長谷寺では、毎日正午に鐘楼の鐘が突かれるとともに、法螺貝が吹き鳴らされ、時を告げている。

光源氏が謹慎した地 須磨

須磨海岸から北側のエリアで、在原行平ゆかりの松風村雨堂のほか、光源氏に絡む逸話のある須磨寺、関守稲荷神社、現光寺がある。

在原行平を慕う姉妹の庵跡
松風村雨堂

平安時代の歌人で、在原業平の兄・在原行平は、光孝天皇の怒りに触れ、須磨に蟄居させられるが、村の姉妹を「村松」「松風」と名付け、愛人とした。行平はやがて都に帰るが、姉妹は行平の居宅の側に庵を結び、観世音菩薩を祀って、行平の無事を祈ったといい、松風村雨堂はその庵の跡と伝わる。『源氏物語』第12帖「須磨」で、光源氏が須磨に退去する構想は、行平をモデルにしたといわれる。

神戸市須磨区離宮前町1-2
アクセス:山陽電車「須磨寺」駅より徒歩7分

「若木の桜」跡がある

須磨寺

仁和2年（886）、光孝天皇の勅命により創建されたと伝わる。境内には、光源氏ゆかりの「若木の桜」跡がある。『源氏物語』第12帖「須磨」で、須磨に来てから植えた若木の桜がちらほら咲くのを見て、光源氏が都のことを様々思い出し涙する場面がある。また当寺には、源平合戦ゆかりの寺として、平敦盛・熊谷直実の騎馬像が配置された「源平の庭」がある。

☎078-731-0416　神戸市須磨区須磨寺町4-6-8
アクセス：山陽・阪神・阪急電車　「須磨寺」駅より徒歩5分
時間：8時半〜17時
料金：境内自由　駐車場あり

「巳の日稲荷」とも称される

関守稲荷神社

須磨の関の守護神を祀るため創建されたと伝わる。須磨の関は、平安時代初期、天下の三関（鈴鹿の関・不破の関・愛発の関）に次いで重要とされた関所。『源氏物語』第12帖「須磨」で、光源氏が3月1日の巳の日に、須磨の海岸で開運の禊（巳の日祓い）を始めると、突然雷鳴がとどろき暴風雨となるが、その場所になぞらえて、「巳の日稲荷」ともいわれる。

神戸市須磨区関守町1-3-20
アクセス：JR・山陽電車「須磨駅」より徒歩8分
料金：境内自由　駐車場なし

光源氏の住まい跡

現光寺

永正17年（1514）、浄教上人が創建したと伝わる。光源氏が従者数人と須磨に退去した際、わび住まいした所と語り継がれ、もとは「源氏寺」とも呼ばれていた。謡曲『須磨源氏』では、菩薩となった光源氏が、在りし日の須磨での暮らしを回想する場面があり、当寺の境内には、光源氏ゆかりの「月見の松」が残されている。

神戸市須磨区須磨寺町1丁目1-6
アクセス：山陽電車「須磨寺」駅より徒歩4分
料金：境内自由　駐車場なし

光源氏と明石の君が出会う 明石（あかし）

光源氏の歌にちなむ
朝顔光明寺（あさがおこうみょうじ）

創建年には諸説あるが、元和5年（1619）に明石城主・小笠原忠真（ただざね）が、福中城内（神戸市西区）から現在地に移設したとされる。境内には「光源氏月見の池」があって、光源氏が「秋風に 波やこすらむ 夜もすがら あかしの浦の 月のあさがほ」と詠んだと伝わり、寺の名のもととなった。ただし、この和歌は『源氏物語』には出てこない。源氏物語では第20帖「朝顔」で、光源氏が朝顔の姫君を慕って、朝顔の花の歌を詠んでいる。

明石市鍛治屋町2-9
アクセス：JR「明石」駅より徒歩5分
料金：- 駐車場なし

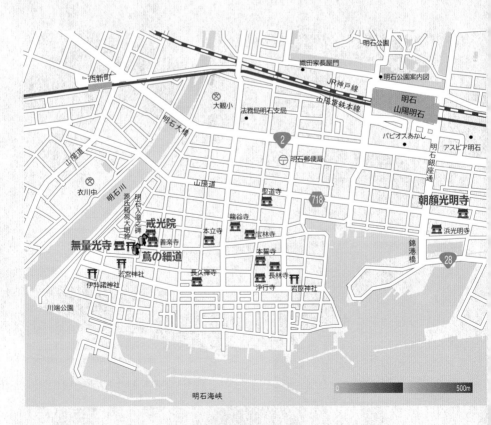

「浜の館」のモデルとされる
戒光院
（かいこういん）

　7世紀後半の創建と伝わり、明石で最も古い寺院とされる。『源氏物語』第13帖「明石」で、明石の入道が住んでいた「浜の館」のモデルといわれ、境内には、明石入道の墓とされる石碑や「明石の浦の浜の松の碑」などがある。「明石」の巻では、浜の館は木立、石組み、植え込みなどの造作が素晴らしく、心得の足りない絵師には描き及ぶまいと描写されている。

```
☎078-917-5070　明石市大観町11-8
アクセス：山陽電車「西新町」駅より徒歩8分
料金：境内自由　駐車場なし
```

「源氏稲荷」がある
無量光寺
（むりょうこうじ）

　創建年は不祥であるが、慶長18年（けいちょう）（1613）に中興された浄土宗の寺院で、戒光院と同様、明石入道が光源氏に与えた屋敷（浜の館）のモデルとされる。やはり、光源氏が月見をしたと伝えられ、「光源氏の月見寺」と呼ばれる。山号は「月浦山」。境内には源氏稲荷（源氏大明神）がある。

```
明石市大観町10-11
アクセス：山陽電車「西新町」駅より徒歩10分
```

源氏稲荷

光源氏が明石の君に会いに行くため通った
蔦の細道
（つた）（ほそみち）

　明石入道は、娘の明石の君を光源氏と結婚させようとし、光源氏もそれに応じる。蔦の細道は、光源氏が、自分の住む屋敷（浜の館）から、明石の君が住む「岡辺の館」へ通う時に通った道といわれ、無量光寺の門前を通る道がそれだとされている。なお、2人が結ばれたという岡辺の館は、神戸市西区に跡碑（岡之屋形跡）が立つ。

光源氏がお礼に参詣した住吉大社

大阪湾の東側に位置し、本宮は4つの社殿からなり、西大鳥居を入った所には、淀殿が寄進したと伝わる反橋が架かる。

東西に連なる社殿

海上交通の守護神
住吉大社

神功皇后が新羅討伐からの凱旋途中、お告げにより住吉三神を祀ったのが起源とされ（その後、神功皇后も祀られた）、古くから海上交通の守護神として信仰を集めた。『源氏物語』第14帖「澪標」では、須磨で暴風雨に遭い、住吉の神に願をかけて助かった光源氏が、帰京後お礼のために住吉大社へ参詣し、その一行の盛大で威厳のある行列を偶然目にした明石の君が、圧倒され身の程を知るという場面がある。

淀殿が寄進したとされる反橋（太鼓橋）

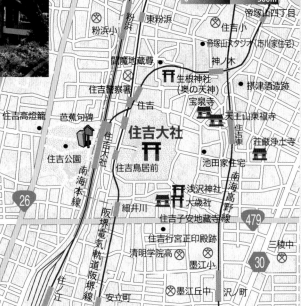

☎06-6672-0753
大阪市住吉区住吉2-9-89
アクセス：南海本線「住吉大社」駅より徒歩3分
時間：6時〜17時（10〜3月は6時半〜）
料金：境内自由　駐車場あり

■平安時代歴代天皇一覧

代	氏名（享年）	在位期間	在位年数
50	桓武天皇（70）	天応元年（781）～延暦25年（806）	25年
51	平城天皇（41）	延暦25年（806）～大同4年（809）	3年
52	嵯峨天皇（57）	大同4年（809）～弘仁14年（823）	14年
53	淳和天皇（55）	弘仁14年（823）～天長10年（833）	10年
54	仁明天皇（41）	天長10年（833）～嘉祥3年（850）	17年
55	文徳天皇（32）	嘉祥3年（850）～天安2年（858）	8年
56	清和天皇（32）	天安2年（858）～貞観18年（876）	18年
57	陽成天皇（81）	貞観18年（876）～元慶8年（884）	8年
58	光孝天皇（58）	元慶8年（884）～仁和3年（887）	3年
59	宇多天皇（65）	仁和3年（887）～寛平9年（897）	10年
60	醍醐天皇（46）	寛平9年（897）～延長8年（930）	33年
61	朱雀天皇（30）	延長8年（930）～天慶9年（946）	16年
62	村上天皇（42）	天慶9年（946）～康保4年（967）	21年
63	冷泉天皇（62）	康保4年（967）～安和2年（969）	2年
64	円融天皇（33）	安和2年（969）～永観2年（984）	15年
65	花山天皇（41）	永観2年（984）～寛和2年（986）	2年
66	一条天皇（32）	寛和2年（986）～寛弘8年（1011）	25年
67	三条天皇（42）	寛弘8年（1011）～長和5年（1016）	5年
68	後一条天皇（29）	長和5年（1016）～長元9年（1036）	20年
69	後朱雀天皇（37）	長元9年（1036）～寛徳2年（1045）	9年
70	後冷泉天皇（44）	寛徳2年（1045）～治暦4年（1068）	23年
71	後三条天皇（40）	治暦4年（1068）～延久4年（1072）	4年
72	白河天皇（77）	延久4年（1072）～応徳3年（1086）	14年
73	堀河天皇（29）	応徳3年（1086）～嘉承2年（1107）	21年
74	鳥羽天皇（54）	嘉承2年（1107）～保安4年（1123）	16年
75	崇徳天皇（46）	保安4年（1123）～永治元年（1141）	18年
76	近衛天皇（17）	永治元年（1141）～久寿2年（1155）	14年
77	後白河天皇（66）	久寿2年（1155）～保元3年（1158）	3年
78	二条天皇（23）	保元3年（1158）～永万元年（1165）	7年
79	六条天皇（13）	永万元年（1165）～仁安3年（1168）	3年
80	高倉天皇（21）	仁安3年（1168）～治承4年（1180）	12年
81	安徳天皇（8）	治承4年（1180）～寿永4年（1185）	5年
82	後鳥羽天皇（60）	寿永2年（1183）～建久9年（1198）	15年

源氏物語54帖あらすじ

第1帖 桐壺（きりつぼ）

　桐壺帝と故按察使大納言の娘・桐壺更衣の間に玉のような男子が生まれる。しかし、桐壺更衣は位が低く、帝の寵愛を一身に受けていたため、他の后たちの嫉妬の的となり、その心労も重なって、男子が3歳の時、世を去った（天皇の后の位は、上から皇后・中宮、女御、更衣の順であった）。帝の悲嘆は激しく、他の女御らを近づけることもなかった。一方、男子はすくすくと成長し、学問諸芸に才能を発揮し、しかもその容姿はこの世のものとは思えぬ美しさで、「光る君」と称された。帝はこの男子を東宮（皇太子）にしたいと思うが、すでに右大臣の娘・弘徽殿女御との間に第1皇子（後の朱雀帝）があったので、結局、第1皇子を東宮とし、後見の無い男子は臣籍降下させた。この男子こそ、源氏物語の主人公・光源氏である。帝はその後、桐壺更衣とよく似た先帝の娘・藤壺を宮中に入れる。源氏は12歳で元服し、左大臣の娘・葵の上と結婚するが、彼女との相性はあまりよくなく、義理の母である藤壺に密かに心惹かれていく。帝は、二条にある桐壺更衣の里邸（二条院）を源氏に与え住まわせた。

第2帖 帚木（ははきぎ）

　源氏が中将であった17歳の時のこと。ある五月雨の夜、物忌みのため、宮中の宿泊所に詰めていた源氏のもとに、頭中将、左馬頭、藤式部丞ら同年代の若者が訪れた。そこで女性談義が始まる。世に言う「雨夜の品定め」である。様々な体験談が交わされる中で、「中の品」（受領階級の女）が面白いという意見が出される。葵の上にいまだ馴染めない源氏は、翌日「方違え」にかこつけて、中川の紀伊守邸に赴き、そこで紀伊守の父の若い後妻・空蟬（正に「中の品」の女性だった）に惹かれ、半ば強引に契りを結んでしまう。

平安時代の舟遊びが再現される三船祭（嵐山／地図75頁）

第3帖　空蝉

　空蝉のことが忘れられなくなった源氏は、彼女の弟・小君を通じて空蝉に会おうとするが、彼女は応じてはくれない。人妻なのだから当然の話であるが、思い余った源氏は、小君の手引きで再び紀伊守邸に赴く。そこで、空蝉が先妻の子である軒端荻と碁を打っているのを覗き見た。ほっそりした空蝉に対し、軒端荻はぽっちゃり形である。夜になって源氏が空蝉の寝所に忍び込むと、気配に気づいた空蝉は小袿（薄衣）を残して逃げ去ってしまう。源氏はあろうことか、そこにいた彼女の継子・軒端荻と、そうと知りつつ関係を持つ。

第4帖　夕顔

　源氏が五条に住む病床の乳母を見舞った際、隣家に咲く夕顔を愛でたことがきっかけで、その家の女・夕顔と知り合い、彼女のもとに通うようになる。真面目な正妻・葵の上や気位の高い六条御息所との付き合いに疲れた源氏は、おっとりして素直な夕顔にのめり込む。ところが、ある秋の日、源氏が夕顔を「なにがしの院」に連れ出し、夜、共に寝ていると、夢の中に物の怪の女（六条御息所の生き霊とも）が、恨み言を言いながら現れる。驚いて目を覚ますと、夕顔はすでに息絶えていた。夕顔を弔った後、源氏は、夕顔が頭中将の側室であったことを知る。

第5帖　若紫

　瘧病（マラリア）を患った源氏が、祈祷を受けるため、北山の寺へ行った時のこと。小柴垣の庵を垣間見ると、上品な尼君が読経しており、そこへ10歳ぐらいの少女（紫の上）が現れ、飼っていた雀を犬君が逃がしたと泣きつく。源氏は、その少女が藤壺に似ていることに驚いた。僧都に聞くと、少女は僧都の妹尼の孫で、母はすでになく、父は藤壺の兄・兵部卿宮とのこと。源氏は少女を引き取って育てたいと思うが、尼君に断られる。その頃、病気のため里帰り中の藤壺と、源氏は王命婦（藤壺の侍女）の手引きで密会を果たし、藤壺は懐妊する。北山の少女は尼君と共

111

に京へ戻るが、まもなく尼君が死去。それを知った源氏は、少女の父親が迎えに来る前に彼女を二条院に引き取ったのだった。

第6帖　末摘花

　源氏は紫の上を養育する一方、亡き夕顔の代わりになる女性を求める。そんな時、故常陸宮の姫君（末摘花）の噂を耳にし、興味を抱く。月夜に聞いた彼女の弾く琴の音に想いを募らせ、文を送るが返事は来ない。秋になって、源氏は命婦の手引きで末摘花と会い、契りを結ぶものの、彼女は恥ずかしがり屋なのか、一言も口を利かない。冬のある夜、源氏は雪の降る中、故常陸宮邸に忍び込んだ。朝になって、雪明りに照らされた末摘花の顔を目にすると、白く長い顔に赤く色づいた象のような鼻——。源氏は唖然とするが、不憫な彼女の面倒を見ようと思うのであった。

第7帖　紅葉賀

　桐壺帝の朱雀院行幸に同行できない藤壺のために、宮中で試楽が行われた。そこで源氏は、頭中将と共に紅葉をかざして「青海波」を舞う。その美しさは人々を魅了するが、藤壺は感動しつつも、源氏との過ちを後悔する。翌年、藤壺は源氏にそっくりの男子を産む（後の冷泉帝）。帝は大いに喜び、藤壺を弘徽殿女御より先に中宮とし、源氏も宰相に昇進させた。この頃、紫の上は源氏に懐き、葵の上は相変わらず冷たい態度のまま。そうした中、源氏は源典侍という多情な老女をめぐって、頭中将と恋のさや当てを演じ、彼女とも関係を持ったのだった。

第8帖　花宴

　源氏20歳の2月、紫宸殿で桜の宴が催された。そこでも源氏は、「春鶯囀」の舞を披露し、人々に感動を与える。宴の後、源氏が、月の明るい宮中の庭をそぞろ歩いていると、弘徽殿の辺りで、「朧月夜に似るものぞなき」と口ずさんでいる女と出会う。心惹かれた源氏は、彼女の袖をつかんで引き留めると、成り行きで一夜をともにした。扇を交換して別れたが、女（朧月夜）は右大臣の六の君で、近く東宮（後の朱雀帝）に入内する予定だと知っ

胡蝶の舞（住吉大社／地図108頁）

て、源氏は後ろめたさを感じる。ところがひと月後、右大臣邸で催された藤の宴に招待された源氏は、その夜、朧月夜と再会するのであった。

第9帖 葵（あおい）

桐壺帝が退位し、朱雀帝（光源氏の異母兄）の治世となる。朱雀帝の娘・女三の宮が斎院に卜定（ぼくじょう）され、源氏は賀茂祭（葵祭）の御禊（ごけい）の行列に加わった。源氏との恋に悩む六条御息所も、お忍びで見物にきていたが、そこで、葵の上一行との間で車の所争いとなり、六条御息所は屈辱を味わう。源氏の子を懐妊中の葵の上は、その後、物の怪に祟（たた）られ、苦しむようになり、それが六条御息所の生霊（いきりょう）の仕業（しわざ）と知って、源氏は愕然とする。やがて、葵の上は男子（夕霧（ゆうぎり））を出産するものの急逝。正妻を失った源氏は、49日の喪に服した後、生長した紫の上と、夫婦の契りを交わしたのであった。

第10帖 賢木（さかき）

六条御息所は、娘が伊勢の斎宮に決まったので、娘と共に伊勢へ下ることを決めた。生霊の一件以来、ますます彼女を疎（うと）んじていた源氏であったが、さすがに京を離れると知ると、嵯峨野（さがの）の野宮（ののみや）に彼女を訪ね、しみじみと語り合った。この頃、父である桐壺院の病状が悪化し、朱雀帝に東宮と源氏のことを遺言して崩御（ほうぎょ）する。藤壺は実家の三条院に移り、源氏は彼女に恋情を訴えるが、拒絶される。源氏は、しばらく雲林院（うんりんいん）に籠った。藤壺は桐壺院一周忌の際、突然出家し、源氏は衝撃を受ける。翌年の夏、源氏は、密通を続ける朧月夜（尚侍（ないしのかみ）となっていた）との仲を彼女の父の右大臣に知られてしまう。

第11帖 花散里（はなちるさと）

25歳となった年の夏、気の晴れない源氏は、ふと思い立って麗景殿女御（れいけいでん）（亡き桐壺帝の女御）を訪ねた。女御の妹の三の君（花散里）とは、かつて何度も情を交わした仲だった。

途中、中川のほとりで、源氏は琴の音に引かれ、昔通った女のことを思い出す。その女の家に歌を送るが、女からはつれない歌が帰ってきただけだった。女御と花散里はひっそりとした暮らしをしており、源氏は女御と懐かしく対面した後、夜が更けると、花散里の部屋を訪れる。彼女は久々に源氏に会えた嬉しさから、優しく対応し、橘の香りが漂う中、二人はしみじみと言葉を交わすのだった。

第12帖 須磨

朧月夜との密会が右大臣に知れ、謀叛の嫌疑を掛けられた源氏は、自ら須磨に退去することを決心する。紫の上との別れが何よりつらく、その思いを歌にして彼女に詠みかけるが、紫の上は、柱に隠れて涙にくれるばかりであった。出立の前日、源氏は桐壺院の御陵に参拝するとともに、出家した藤壺を訪ねて別れを告げた。須磨に到着後、その噂を聞いた明石の入道が、娘を源氏に嫁がせようと目論む。翌年2月、頭中将が都から須磨まで源氏を訪ねてきて、2人は夜が明けるまで語り合った。3月、源氏が禊のため海に出ると、突然暴風雨となり異形のものが現れる。

第13帖 明石

暴風雨はなかなか治まらず、源氏の居館も被害を受けた。その夜、夢に故桐壺院が現れ、住吉の神の導きに従って、この浦を去れと告げた。翌日、明石の入道がやってきて、夢のお告げを受け、源氏を迎えに来たと言う。奇遇に感じた源氏は明石に移る。この頃、都でも凶事が続き、朱雀帝は目を病み、右大臣は亡くなり、弘徽殿女御（大后）も病気になった。これを報いと考えた朱雀帝は、源氏の召喚を考えるようになる。一方、明石の入道は、娘（明石の君）との結婚を源氏に持ち掛け、源氏は紫の上のことを想いながらも、それに応じる。翌年7月、源氏に帰京の宣旨が下った際、明石の君は妊娠していた。

第14帖 澪標

帰京した年の10月、源氏は故桐壺院の追善のため、法華八講を催した。翌年2月、朱雀帝は退位し、冷泉帝の御代となる。源氏

は内大臣となり、左大臣は太政大臣に復帰。源氏は花散里らを住まわせるため、二条院の改築を思い立つ。明石では明石の君が女児を出産。源氏は、女児の五十日の祝いに様々な品を贈った。源氏から明石の君のことを告白された紫の上は嫉妬する。秋、源氏が住吉詣でをした時、偶然参詣していた明石の君は、立派な源氏の行列を見て身の程を知る。一方、伊勢から帰京した六条御息所は、源氏に娘を託して死去。源氏は藤壺と計り、その娘を自分の養女として入内させようとする。

第15帖 蓬生（よもぎう）

源氏が須磨・明石に退去していた間、常陸宮の娘・末摘花は困窮を極めるようになっていた。邸内は荒れ果て、召し使いたちは去り、来訪者も兄の僧・禅師ぐらいであった。意地の悪い末摘花の叔母は、彼女を召し使いとして連れ出そうとし、従わないと見ると、彼女から献身的に支えてくれた乳母子を引き離した。源氏は帰京後も末摘花を思い出すことはなかったが、花散里を訪ねた際、ふと見覚えのある邸に出くわす。末摘花の家であった。源氏は彼女としみじみと語り合い、その一途さに心打たれて、彼女の面倒を見るため、完成後の二条東院に住まわせることを決める。

第16帖 関屋（せきや）

桐壺院崩御の翌年、夫の赴任地である常陸国に下向した空蝉が、任期を終えた夫と共に帰京する。途中、逢坂の関で、石山詣でに向かう源氏の一行と偶然出会う。久方ぶりに互いを目にした2人は、懐かしさが込み上げ、しばし感慨に耽った。源氏は大胆にも、空蝉の弟・小君を呼び寄せて、彼女に言伝て

をするが、空蝉は心を動かされながらも、恋の思い出は心にしまっておきましょうと、涙ながらに去っていく。その後、空蝉の夫は、子どもたち（空蝉の継子）に空蝉のことを頼んで死去。ところが、その継子の一人が空蝉に言い寄り、それがために彼女は出家してしまうのだった。

第17帖 絵合（えあわせ）

六条御息所の娘（前斎宮）は、源氏の養女として冷泉帝に入内し、梅壺女御と呼ばれた。冷泉帝にはすでに権中納言（頭中将）の娘・弘徽殿女御が入内していた。権中納言と源氏は、どちらの娘が帝の寵愛を受けるか、張り合うようになる。春の夕刻、中宮（藤壺）の御前で両者は絵合を行ったが、勝敗がつかず、改めて帝の御前で勝負することになった。当日、夜まで絵合は続いたが、最後に源氏が須磨の絵日記を出すと、その壮麗さに皆感動し、梅壺女御側の勝利で決着が付いた。これをきっかけに、帝は梅壺女御（後の秋好中宮）を寵愛するようになったのだった。

第18帖 松風（まつかぜ）

源氏31歳の秋、二条東院が完成する。源氏は、西の対に花散里を迎え入れ、東の対に明石の君を、そして北の対にその他の女性たちを住まわせようとする。明石の君は上京を決意できないが、父・明石の入道は都の郊外、大堰にある山荘に、ひとまず明石の君と尼君、それから源氏と明石の君の間にできた明石の姫君を住まわせた。源氏は、紫の上に気兼ねしてなかなか明石の君のもとへ行けなかったが、秋も終わりになって、松風の吹く大堰の山荘を訪ねた。2人は3年ぶりに再会。娘と初

対面した源氏は、その愛らしさに感激し、紫の上に事情を話して、明石の姫君を養女として育てるよう頼んだのだった。

第19帖　薄雲

　源氏からの明石の姫君を養女にしたいとの申し出に、明石の君は思い悩むが、結局姫君を手放すことになった。雪の降る中、姫君は二条院に入り、ほどなく紫の上にも懐いたのだった。年が明けて、太政大臣（左大臣）が亡くなり、3月には藤壺が37歳で世を去った。源氏は悲嘆の余り、念誦堂に籠って泣き暮らす。49日が終わった頃、冷泉帝は夜居の僧から、実の父が源氏であることを聞く。帝は源氏に譲位しようとするが、源氏は固辞。秋になって、養女の梅壺女御が二条院に里下りし、源氏は彼女に慕情をほのめかすが、進展せずに終わった。

第20帖　朝顔

　故桐壺院の弟・桃園式部卿が亡くなり、娘の朝顔の姫君は賀茂斎院を退き、桃園宮に移り住んだ。若い頃から、朝顔の姫君に好意を寄せていた源氏は、桐壺院の妹の病気見舞いにかこつけて、桃園宮を訪れる。そして、朝顔の姫君に思いを告げるのだが、彼女の対応はつれなかった。源氏はその後も文を送り続け、それが世間に知れて、源氏と斎院なら似合いの関係だと噂が立つ。紫の上は不安を募らせ、源氏は彼女を慰めようと、藤壺をはじめ、これまで愛した女のことを吐露する。その夜、源氏の夢に故藤壺が現れ、自分のことを話題にしたことに恨み言を言った。うなされて目覚めた源氏の目には涙が光っていた。

第21帖　少女

　源氏の長男・夕霧は12歳で元服。源氏は夕霧を六位に留め、大学に入れ学問に専念させた。夕霧はそれに応えて学才を発揮する。梅壺女御は中宮に立ち（秋好中宮）、源氏は太政大臣となり、頭中将も内大臣となった。夕霧は祖母・大宮のもとで共に育った内大臣の娘・雲居雁と想い合っていたが、それを知った内大臣は彼女を自邸に移してしまう。内大臣は娘を東宮に入内させようとしていたのだ。2人はつらい別れをする。その後、源氏の六条院が完成。邸内を4つに分け、西南を秋好中宮、東南を紫の上、東北を花散里、西北を明石の君に割り当てた。

第22帖　玉蔓

　夕顔の遺児・玉蔓は、乳母の夫の赴任地・筑紫で美しく成長していた。玉蔓の美貌に引かれて、多くの土地の豪族たちが彼女に求婚してくる。中でも大夫監は、強引に迫ってきたため、恐れをなした乳母らは、玉蔓を連れて京へと逃げ戻った。しかし、頼る所もなく、もはや神仏にすがるほかないと長谷寺へ詣で

長谷寺（地図102頁）

る途中、夕顔の乳母子・右近と出会う。右近は源氏に仕える身となっていたので、右近から報告を受けた源氏は、玉鬘を六条院に引き取り、花散里に後見を依頼したのだった。その年の暮れ、源氏は六条院の女性たちに、正月の晴れ着を選び贈った。

篝火（下鴨神社／地図40頁）

第23帖 初音（はつね）

　源氏36歳の正月。4つに分けられた六条院の邸内は、それぞれ四季の名で呼ばれた。中でも春の町の風情は格別で、極楽浄土のようであった。源氏は、まず春の町で紫の上と祝いの言葉を交わし、明石の姫君には母君へ手紙の返事を書かせた。次に夏の町の花散里と玉鬘を訪れ、そして、その夜は冬の町の明石の君のもとに泊まった。今年は男踏歌（おとことうか）のある年で、六条院にもその行列が回って来る。女性たちも衣装を凝らしてそれを見物した。一方、末摘花や出家した空蝉は、二条院で無聊（ぶりょう）をかこっていた。彼女たちの寂しさを気遣い、源氏は二条院にも赴くのだった。

第24帖 胡蝶（こちょう）

　3月下旬、紫の上の住む六条院春の町で、船楽（ふながく）が催された。折しも秋好中宮が秋の町に里帰り中であった。中宮の女房たちも招待され、華やかな宴は明け方まで続いた。翌日は中宮の御読経（みどきょう）が始まり、紫の上は、鳥と蝶の装束の女童（めのわらわ）を使いとして船に乗せ、桜と山吹の花を届けた。4月になると、玉鬘のもとに求婚者からの多くの懸想文（けそうぶみ）が届くようになる。源氏はそれらに目を通しながら、玉鬘に返事のたしなみを教えるが、自身も玉鬘への恋情を募らせていく。ついには、その想いを告白するが、玉鬘は当惑してしまう。

第25帖 蛍（ほたる）

　五月雨（さみだれ）の頃、源氏の異母弟・蛍兵部卿宮（ほたるひょうぶきょうのみや）（蛍宮）が玉鬘のもとを訪ね、几帳越しに恋情を告げた。と、見慣れぬ光が玉鬘の姿を映し出す。源氏が几帳（きちょう）の中に蛍を放ったのだ。蛍宮は光に浮かんだ玉鬘の美しさに魅了され、彼女への想いをさらに募らせるのだった。長雨が続く中、六条院の女性たちは物語を読んで時を過ごすことが多かった。特に玉鬘は熱心で、源氏は彼女を相手に物語論議を展開する。そして、物語に託して、自らの胸中を訴えるのだが、玉鬘はやはり困惑するばかりであった。一方、源氏の息子・夕霧は内大臣（頭中将）の娘・雲居雁が忘れられず、内大臣は夕顔との子（玉鬘）を探し求める。

第26帖 常夏（とこなつ）

　夏の暑い日盛り、源氏は納涼（のうりょう）がてら六条院春の町の東釣殿（つりどの）で、内大臣（頭中将）や若

い公達らと賑やかに過ごした。内大臣は自ら
の落胤で、やや品性に欠ける近江の君を引き
取っていたが、源氏は公達らの前でそのこと
を皮肉る。それは、長男・夕霧と雲居雁（内
大臣の娘）の仲を許さない内大臣への腹いせ
でもあった。玉鬘は、源氏と父である内大臣
との不和を察して、胸を痛める。源氏は玉鬘
に和琴の手ほどきをしながら、彼女のことが
諦めきれず、この先どうしたものかと思い悩む。
一方、内大臣は、雲居雁の結婚について苦
慮するとともに、近江の君には手を焼く。

第27帖　篝火

　近江の君の処置に困った内大臣（頭中将）
は、彼女を娘の弘徽殿女御に託すが、源氏
は内大臣の不用意を批判する。玉鬘は源氏
に引き取られたことを幸運に思い、徐々に源
氏と打ち解けるようなる。初秋のある夜、庭に
篝火が焚かれる中、源氏と玉鬘は琴を枕に
添い寝しながら、歌を詠み合った。と、東の
対のほうから管弦の音が聞こえてくる。夕霧と
柏木（内大臣の息子）が演奏していたのだっ
た。源氏は彼らを招いて、琴と笛の合奏をし
たが、実の兄弟であることを知らない柏木は、
玉鬘への想いを募らせる。

第28帖　野分

　8月、激しい野分により、六条院の建物は
被害を受け、美しく咲いていた庭の草花も伏
してしまった。翌日、夕霧は六条院へ見舞
いに訪れた。そこで初めて、継母・紫の上の、
樺桜のように美しい姿を目にし、心を奪われ
る。翌朝、夕霧は再び六条院に赴き、女性
たちを見舞った。花散里、秋好中宮、明石
の君、玉鬘と順次訪ねるが、玉鬘と源氏が

戯れているところを垣間見てしまう。親子とは
思えない2人の親密な様子に夕霧は疑念を抱
く。その後、夕霧は想い人である雲居雁に恋
文を認めるのであった。

第29帖　行幸

　12月、大原野へ冷泉帝の行幸があった。
豪勢な一行を一目見んと通りは大勢の見物人
であふれ、六条院の女性たちも見物に出かけ
た。玉鬘もその中にあって、冷泉帝の優美な
姿を見て魅了される。そのことを知った源氏は、
玉鬘を尚侍として宮中に入れることを決意し、
裳着（女子の成人の儀式）の腰結役を依頼す
るため、内大臣に玉鬘の素性（内大臣と夕顔
の子）を明かす。内大臣は喜び、実の娘・玉
鬘との対面に涙するが、自分も尚侍になりた
かった、もう一人の娘・近江の君は、同じ娘な
のに不公平だと、玉鬘を妬むのだった。

第30帖　藤袴

　入内の決まった玉鬘であったが、他の后た
ちとの付き合いを考えると、気分が晴れなかっ
た。3月に玉鬘の祖母・大宮が亡くなり、喪
に服していたところ、同じ大宮の孫である夕
霧が喪服姿で、源氏の伝言を持ってやってく
る。夕霧にとって、玉鬘はもはや兄弟ではない。
御簾の端から藤袴の花を差し入れ、恋の歌を
詠みかけたのだった。蛍宮や鬚黒の大将など
以前からの求婚者からも、何とか玉鬘の出仕
前に望みを果たそうと、競い合うように恋文が
届けられた。特に鬚黒は熱心で、玉鬘の実父・
内大臣はそれにまんざらでもない様子だった
が、玉鬘が別れの返事を送ったのは蛍宮だけ
であった。

第31帖 真木柱（まきばしら）

　激しい争奪戦の末、玉鬘を手中にしたのは、意外にも鬚黒だった。玉鬘の女房に手引きさせた結果であった。源氏は残念に思うものの、2人の婚儀は立派に行う。鬚黒は玉鬘を自邸に引き取る準備をするが、彼には北の方（正妻／紫の上の姉）と3人の子どもがいた。北の方は、物の怪に取りつかれて、発作を起こすことがあり、ある日、鬚黒が玉鬘のもとに出向こうとすると、彼女は発作的に火取りの灰を鬚黒の背に投げつけた。鬚黒と北の方の夫婦仲は破局し、北の方は父・式部卿宮（しきぶきょうのみや）の邸に子どもを連れて移ることに。その際、鬚黒を慕う娘の真木柱は、別れを惜しんで歌を詠む。

第32帖 梅枝（うめがえ）

　年が明けて、11歳になる明石の姫君の東宮（後の今上帝）入内（きんじょうてい）が決まる。2月に彼女の裳着（もぎ）が行われることになり、それに向けて、準備に勤しむ源氏であったが、正月下旬、紫の上・朝顔の姫君・花散里・明石の君に薫物（たきもの）の調合を依頼する。裳着の儀の前日に、蛍宮を判者として薫物合わせを催すが、いずれも名香揃いで、優劣をつけることが出来なかった。裳着の儀式は、秋好中宮（あきこのむ）が腰結役（こしゆい）となり、六条院で盛大に行われた。入内は4月と予定され、持参品の草子（そうし）などが集められる。一方、夕霧に中務宮（なかつかさ）の姫君との縁談が持ち上がり、内大臣（頭中将）は落胆、娘・雲居雁は恨みの返歌を夕霧に送る。

第33帖 藤葉裏（ふじのうらば）

　4月初旬、内大臣（頭中将）は自邸で催した藤の宴に夕霧を招いた。2人は打ち解け、その夜、夕霧と雲居雁はようやく結ばれたのであった。明石の姫君の東宮入内を前に、源氏と紫の上は賀茂の御阿礼（みあれ）に詣で、葵祭の日には行列も見物した。入内の日、紫の上は、母親役として姫君に付き添い、後見役として姫君の実母・明石の君を推挙した。紫の上と明石の君は初めて対面し、互いを認め合うのであった。その年の秋、源氏は准太上天皇（じゅんだいじょう）の位を得、内大臣は太政大臣に、夕霧は中

119

図7　病床の柏木を見舞う夕霧（第36帖「柏木」）

納言になった。10月末、冷泉帝が朱雀院と共に六条院に行幸、源氏の栄華は絶頂期を迎える。

第34帖　若菜上（わかなのじょう）

　病気がちの朱雀院は、出家しようとするが、後見の無い娘・女三の宮のことが気がかりであった。求婚者は多いものの、理想の相手は源氏をおいてほかに考えられなかった。源氏は初め辞退するが、女三の宮の裳着の後、出家した朱雀院を見舞い、後見を引き受けることに。2月、女三の宮は六条院に輿入れするが、その幼稚さに源氏は落胆し、紫の上の魅力を再認識する。正月に玉蔓が若菜を調じて、源氏の四十の賀を祝い、秋以降は紫の上・秋好中宮・夕霧も祝賀を催した。翌年3月、明石の女御（姫君）が皇子を出産。3月末には柏木が、六条院で蹴鞠が行われた際、偶然女三の宮を垣間見て心惹かれる。

第35帖　若菜下（わかなのげ）

　柏木は蹴鞠の日以来、女三の宮への恋情を募らせた。女三の宮の義理の兄弟である東宮（後の今上帝）から、彼女の飼う唐猫（からねこ）を借り受け、心の慰めとしていた。4年ののち、冷泉帝が退位し、今上帝が即位、明石の女御が産んだ皇子が東宮に立つ。太政大臣（頭中将）は辞任し、鬚黒が右大臣に、夕霧は大納言になった。年が明け、朱雀院の五十の賀（えん）宴に先立ち、六条院で女楽（じょがく）が催された。翌朝、紫の上は突然発病し、二条院に移される。一方、柏木は妻（落葉の宮）を持つ身となっていたが、女三の宮のことが忘れられず、小侍従（こじじゅう）の手引きで、源氏の留守に女三の宮の部屋に忍び込み、思いを遂げる。

第36帖　柏木（かしわぎ）

　女三の宮との関係を源氏に知られ、恐怖から柏木は病に倒れる。女三の宮は柏木との子・薫（かおる）を産むが、源氏の冷たい態度に出家を望み、父・朱雀院が見舞いに訪れた際、ついに髪を下してしまう。重病に陥った柏木を案じた今上帝は、彼を権大納言（ごん）に任じる。しかし、柏木は自らの死期が近いのを悟り、祝いに訪れた夕霧に、源氏への取り成しや、妻の落葉

の宮のことを託すと、息を引き取ったのだった。3月、薫の五十日の祝いがあり、源氏は柏木のことを思って感慨に沈む。一方、夕霧は柏木の遺言に従って、落葉の宮を慰問し、彼女への慕情を募らせる。

第37帖　横笛

　柏木の一周忌に源氏は厚い志を寄せる。夕霧は未亡人となった落葉の宮のもとを足繁く訪ね、ある秋の夕、2人は琵琶と琴で「想夫恋」を合奏する。落葉の宮の母・一条御息所（朱雀院の后）は、柏木の形見の横笛を夕霧に贈った。夕霧が遅く帰宅すると、夕霧と落葉の宮の噂を聞いた妻の雲居雁は、嫉妬心から立腹し、臥せっていた。その夜、夕霧の夢に柏木が現れ、その笛を伝えたい人は他にいると告げた。翌日、夕霧は六条院に参上し、幼い薫を見て柏木とそっくりなのに驚く。疑念を抱いた夕霧は、源氏に対面して探りを入れるが、源氏は取り合わず、ただ横笛を預かったのだった。

第38帖　鈴虫

　夏、蓮の花盛りに、出家した女三の宮の持仏開眼供養が盛大に行われた。秋、女三の宮に執着する源氏は、彼女の御殿の前庭を秋の野原風に作り直し、鈴虫を放った。十五夜、源氏が女三の宮と共に、鈴虫の音を愛でながら琴を奏でていると、蛍宮らがやってきて、合奏が始まった。そこへ、冷泉院から招きの使者があり、源氏は一同を引きつれて、冷泉院のもとへ参上し、夜を徹して詩歌の宴を催したのだった。翌日、源氏は秋好中宮とも対面し、彼女から、地獄の業火に苦しんでいる母・六条御息所のために出家したいと告げられるが、出家よりも母君の追善供養をするよう勧める。

第39帖　夕霧

　夕霧の落葉の宮への想いはさらに募り、彼女と病弱な母・一条御息所が移り住んだ小野の山荘を訪ねる。夕霧は落葉の宮に恋情を

図8　柏木が現れた夢から覚めたか夕霧（左）。中央は若君を抱く雲居雁（第37帖「横笛」）

訴えるが、彼女は心を開こうとしない。たちこめる霧を口実に、夕霧は山荘に泊まり、落葉の宮と一夜を共にする。それを察知した一条御息所は、夕霧の真意を確かめるため、彼に文を送る。ところが、その文は夕霧の妻・雲居雁に奪われ、夕霧からの返事が来ないことを悲観した一条御息所は、病状が悪化して他界する。一方、子だくさんの雲居雁は、夫の不実に怒り、子どもを連れて、父・内大臣（頭中将）の邸へ帰ったのだった。

第40帖　御法（みのり）

紫の上は、4年前の発病以来体が弱り、出家を望んだが、許されずにいた。3月、紫の上は、往生（おうじょう）を願って法華経千部供養（ほっけきょうせんぶ）を二条院で催した。そこで、明石の君や花散里と今生（こんじょう）の別れに歌を詠み交わし、来世での縁を念じたのだった。夏、紫の上は明石の中宮（姫君）に後事を託し、幼い匂宮（におうのみや）（今上帝と明石の中宮の皇子）には、二条院の庭の紅梅と桜を守るよう頼んだ。8月14日、紫の上は、源氏と明石の中宮に看取られて亡くなった。彼女の死に、誰も彼も嘆かぬ者はいなかった。

源氏の悲しみは深く、長男・夕霧が法事万端を取り仕切った。源氏は出家を決意する。

第41帖　幻（まぼろし）

年が明けても、紫の上を失った源氏の悲しみは収まらなかった。御簾（みす）の中に籠ったまま時を過ごすが、春寒（しゅんかん）の頃になって、女房たちを前にままならぬ己が人生を述懐（じゅっかい）する。一方、紫の上から庭の花を託された匂宮は、梅や桜が咲くのを見てはしゃぐ。その無邪気な様子が、しばし源氏の心を慰めた。季節はめぐり、紫の上の一周忌に源氏は、極楽曼荼羅（ごくらくまんだら）の供養をする。秋の行事も終わった頃、源氏は出家に向けた身辺整理を始め、紫の上の手紙も破って焼く。12月の御仏名（おぶつみょう）の日、源氏は久々に人前に姿を現し、我が世の終わりを思って感慨に耽る（ふけ）のだった。

雲隠（くもがくれ）

本文がなく、名前だけの謎の巻。源氏の出家と死去を暗示する。

図9　冷泉院での管弦の宴。左上が冷泉院、その向かいが光源氏、笛を吹くのが夕霧（第38帖「鈴虫」）

第42帖　匂兵部卿

　源氏は世を去り、その面影を残す人物は、息子の薫（実の父は柏木）と孫の匂宮（母は明石の中宮）ぐらいであった。出自の良さから、薫は右近中将、匂宮は兵部卿に出世している。薫は生まれつき芳香を発し、匂宮はそれに対抗して、体に香を焚き染めていた。2人のどちらかを娘の婿にと考える者は多かったが、薫は自らの出生に疑念を抱いていた。夕霧もどちらかを婿にと思い、六条院に住む藤典侍腹の六の君を落葉の宮の養女にして、将来に備えていた。宮中で賭弓（宮廷年中行事の一つ）があった時、その後に六条院で行われた夕霧主催の饗応には、勝った匂宮はもちろん、負けた夕霧も出席して、女房らの注目を集めた。

第43帖　紅梅

　故致仕の大臣（頭中将）の次男で、故柏木の弟・按察大納言（紅梅）は、故鬚黒の娘・真木柱と再婚、若君（大夫の君）が生まれる。按察大納言には前妻との間に大君と中の君という2人の娘があった。真木柱にも、前夫・蛍宮との間にできた宮の御方という娘がいた。大君を東宮に入内させた大納言は、中の君は匂宮に嫁がせたいと思い、紅梅の花にそえて、中の君との縁談をほのめかす歌を匂宮に送る。ところが、匂宮は中の君よりも宮の御方に好意を抱き、若君を手なずけて、宮の御方に取り入ろうとする。一方、宮の御方は、自らの生い立ちを顧みて、結婚など諦めた様子であった。

第44帖　竹河

　玉蔓は故鬚黒との間に3男2女をもうけていた。長女・大君は今上帝をはじめ、冷泉院、夕霧の次男・蔵人少将などから求婚されるが、玉蔓は大君を冷泉院に出仕させる。蔵人少将は死なんばかりに嘆き、今上帝も不満をかこった。玉蔓は、出世に響くと息子たちから非難される。大君は姫君を出産し、数年後皇子を産むと、弘徽殿女御などに妬まれる。大君は宮中に居づらくなり、里に帰ることが多くなった。その後、薫は宰相中将、蔵人少将は三位中将に出世。昇進の挨拶に訪れた薫に、玉蔓は自分の判断ミスから一家の不運を招いたと、嘆くのだった。

第45帖　橋姫

　故光源氏の異母弟・八の宮は政争に敗れ、2人の姫君と共に京から宇治の山荘へ移り、仏道に精進する日々を送っていた。源氏の息子・薫は、そんな八の宮に興味を抱き、たびたび宇治を訪れるようになる。親交が始まって3年が経った晩秋のある日、薫は八の宮の勤行中に宇治の山荘を訪れた。そこで、琵琶と琴を奏でる2人の姫君を垣間見る。2人に心惹かれる薫であったが、応対に出た老女房・弁の君から柏木の遺言を伝えたいと告げられる。弁の君は柏木の乳母子なのであった。後日、弁の君から出生の秘密（実の父は柏木）を知らされた薫は、大きな衝撃を受ける。

第46帖　椎本

　薫は、八の宮の2人の娘、大君と中の君のことを匂宮にも話していた。2月末、関心を

図10　宇治から匂宮の二条院へ移る支度をする中の君（左上）。左下は弁の尼（第48帖「早蕨」）

抱いた匂宮は、初瀬詣での帰途、宇治にある夕霧の別荘に立ち寄った。そこからほど近い八の宮の山荘から、管楽の音が聞こえてくる。翌朝、薫と匂宮は八の宮の山荘を訪れ、八の宮から、下にも置かぬ歓待を受ける。これをきっかけに、匂宮と中の君は手紙のやり取りをするようになり、薫は大君のほうに恋情を抱いた。7月、八の宮は自分亡き後の娘たちの後見を薫に託すと、翌8月、娘たちに宮家を辱めるような軽々しい結婚をしないよう戒め、師事する阿闍梨の山寺で亡くなった。

第47帖　総角

八の宮の一周忌が近づく頃、薫は宇治の山荘を訪れ、御簾の中まで押し入って、大君に胸の内を訴えるが、大君は父の遺言を守って、応じようとしない。むしろ、妹の中の君を薫と結び付けようとする。喪が明けて、薫は再び山荘の寝所に忍びこむが、大君はすばやく屏風の後ろに隠れ、薫はむなしく中の君と朝まで語り合った。薫は匂宮と中の君が結婚すれば、大君は自分になびいてくれるだろうとの魂胆から、ある日、匂宮を宇治の山荘に案内する。匂宮は中の君と結ばれたが、大君は頑なに薫を拒絶した。中の君の結婚生活を心配した大君は病を発症し、豊明の節会（大嘗祭・新嘗祭の後に行われる宴）の夜、亡くなった。

第48帖　早蕨

年が明け、春になっても、姉・大君を亡くした中の君の悲しみは収まらず、宇治の山荘で嘆き暮らしていた。山の阿闍梨から贈られる早蕨にも、亡き姉を偲ぶのだった。匂宮は中の君を二条院に引き取ることを決め、薫は宇治に出向いて彼女の引っ越しを手伝ううち、中の君を匂宮に譲ったことを後悔する。中の君は故郷を離れるのを心細く思い、宇治に残る弁の尼（弁の君）と別れを惜しんだ。中の君の上京後、二条院を訪ねた薫は、仲睦まじい匂宮と中の君を見て、嫉妬心を抱く。一方、匂宮に娘を嫁がせようと思っていた夕霧は、代わりに薫を婿に望んだ。

第49帖 宿木

　今上帝は、亡くなった麗景殿女御（藤壺女御）との娘・女二の宮を薫に嫁がせようとし、薫もそれを承知した。夕霧は仕方なく薫を婿とすることを諦め、娘・六の君と匂宮との結婚を推し進めた。それを知って、匂宮の子を懐妊中の中の君は不安に駆られる。8月、匂宮と六の君の婚儀が六条院で盛大に行われ、その後、匂宮の二条院への足は遠のいた。中の君に同情した薫は二条院の彼女のもとを訪ね、互いに胸中を訴え合った。この時、2人は一線を越えなかったが、匂宮は、中の君に薫の残り香を感じ取り、疑念を抱く。一方薫は、中の君から聞いた彼女の異母妹・浮舟に関心を持つ。

第50帖 東屋

　浮舟は大君に生き写しで、薫は何とか彼女を手中にしようと望む。浮舟の義父・常陸介は、教養はないものの裕福な受領階級であり、浮舟に言い寄る公達は多かった。特に左近少将は熱心で一旦縁談がまとまったが、浮舟が常陸介の継娘であることを知ると、財産目当ての彼は常陸介の実娘に乗りかえてしまう。浮舟の母・中将の君は浮舟を連れて帰京し、二条院の中の君に預けた。ところが、そこで浮舟を目にした匂宮が、彼女に言い寄ろうとする。それを知った中将の君は、浮舟を三条の小屋（東屋）に移した。薫は弁の尼の手引きで三条の小屋を訪れ、浮舟と契りを交わすと、翌朝、完成した宇治の邸に彼女を連れ出したのだった。

第51帖 浮舟

　匂宮は、二条院で偶然出会った浮舟のことが忘れられない。薫が浮舟を宇治に囲っていることを知った匂宮は、ある夜、宇治を訪れ、薫に成りすまして浮舟に近づき、思いを遂げる。人違いと知って困惑する浮舟であっ

図11　新妻・六の君を優しく抱く匂宮（右端／第49帖「宿木」）

125

たが、匂宮の情熱に次第に惹かれていく。数日後、宇治を訪ねた薫は、物憂げな浮舟の態度に大君の気配を感じて喜んだ。2月の雪の夜、匂宮は再び宇治を訪れ、浮舟を小舟に乗せて対岸の小家に連れ出し、途中、橘島で歌を詠み交す。やがて浮舟と匂宮の関係を知った薫は、匂宮の来訪を阻止するため、宇治の山荘の警護を固め、浮舟を京へ迎え入れる準備をした。浮舟は薫と匂宮の狭間で思い悩み、進退窮まったすえ死を決意し、母と匂宮に最後の文を書くのだった。

第52帖　蜻蛉

　浮舟は失踪し、宇治の山荘は大騒ぎとなった。浮舟の乳母子である右近は、浮舟の母宛ての文を見て、彼女は宇治川に身を投げたと確信する。右近から知らせを受けた母・中将の君は、嘆き悲しみ、世間には病死ということにして、屍のないままその夜のうちに浮舟の葬儀を営んだ。浮舟を悩ませた薫と匂宮にも連絡が入り、両者とも悲嘆にくれる。薫は浮舟の49日の法要を宇治で行った。その年の夏には、六条院で源氏や紫の上のための法華八講を催し、その折に女一の宮（今上帝の

娘）の美しい姿を見て心惹かれるが、邸へ戻って妻の女二の宮（女一の宮の異母妹）に同じ姿をさせてみるも、心は慰められなかった。

第53帖　手習

　浮舟は、宇治の森で気を失っているところを横川の僧都に助けられた。僧都は、小野（八瀬）に住む母尼が初瀬詣での帰りに発病したので、看護のため宇治まで来ていたのだった。母尼に同行していた妹尼は、浮舟を見て亡き娘の代わりと思い、小野の庵に連れ帰り看病する。やがて、浮舟は正気を取り戻すが、自らの素性を明かすことなく、ただ出家を望み、手習いに勤しむばかりであった。秋になると、妹尼の娘婿が、再三浮舟に求婚するが、浮舟は取り合わなかった。そして、尼たちの留守中、訪れた僧都に懇願して出家を果たす。しかし、僧都の噂話から、明石の中宮を通じて、浮舟の生存が薫の知るところとなる。

第54帖　夢の浮橋

　浮舟の弟・小君を連れて横川の僧都を訪ねた薫は、浮舟への取次ぎを僧都に頼んだ。僧都は小野へ案内することは拒否したが、浮舟への手紙を小君へ託す。その夜、横川から下山する薫の一行の灯りが、小野の庵からも見えたが、浮舟はひたすら念仏を唱えるばかりであった。翌日、小君は僧都と薫の手紙を持って小野に派遣される。妹尼は僧都の手紙から浮舟の素性を承知する。しかし、浮舟はもはや薫と会う意志はなく、小君にも人違いだとして、対面しようとしない。小君は姉の仕打ちにしょんぼりして引き返すが、報告を受けた薫は、浮舟が誰かに囲われているのではないかと、疑念を抱くのだった。

源氏物語に登場する男たち

光源氏

　桐壺帝の第2皇子で母は桐壺更衣。3歳の時、母を亡くす。帝位に就けば国が乱れるという高麗人の観相を受け、源氏姓を与えられ臣籍降下。12歳で元服し、左大臣の娘・葵の上と結婚、長男・夕霧をもうける。しかし、桐壺帝の後室・藤壺に思いを寄せるようになり、彼女と密通し不義の子（後の冷泉帝）が生まれる。一方で、藤壺の姪に当たる紫の上を引き取って養育、後に妻とした。右大臣の娘で東宮の婚約者、朧月夜との関係が発覚すると、須磨・明石に退去。その間に明石の君と結婚し、明石の姫君が生まれる。帰京後、朱雀院の女三の宮を妻とするが、彼女は頭中将の息子・柏木と密通、不義の子・薫が生まれる。この間、六条御息所、空蝉、軒端の荻、夕顔、末摘花、源典侍、花散里らと関係を持ち、多くを自邸の六条院に住まわせた。39歳の時、准太上天皇となり臣籍を離脱。50代で出家したのち、死去したと思われる。

桐壺帝

　光源氏の父。弘徽殿女御（右大臣の娘）など有力な妃がいる中で、身分の低い桐壺更衣を寵愛し、桐壺更衣の死後は、彼女によく似た藤壺を入内させた。源氏と藤壺が密通し生まれた不義の子（後の冷泉帝）を、自らの皇子として寵愛する。長男・朱雀帝への譲位後、病を発症し、朱雀帝に光源氏と協力して政治を行うよう遺言した。死後、須磨に追われた源氏の夢枕に立ち、須磨を立ち去るよう告げる。また、朱雀帝の夢の中にも現れ、朱雀帝は父の遺言に背いたことを反省し、源氏を都に呼び戻した。

右大臣

　弘徽殿女御、朧月夜、四の君の父。長女の弘徽殿女御を桐壺帝に入内させ、第1皇子（後の朱雀帝）の外祖父となる。次女の朧月夜をその第1皇子に嫁がせようとするが、朧月夜は光源氏と関係をもってしまい果たせなかっ

図12　五十日の祝いに薫を抱く光源氏（第36帖「柏木」）

た。一方四の君は、対抗勢力である左大臣の息子・頭中将に嫁がせている。朱雀帝即位後は、外祖父として、弘徽殿女御（大后）と共に権力をほしいままにする。朱雀帝の尚侍となった朧月夜が、源氏と密会しているのを目撃して激怒。大后に報告し、その結果源氏は須磨へ退去した。太政大臣に昇進後死去。

左大臣

頭中将と葵の上の父。正室（大宮）が桐壺帝の妹であったことから、帝の信頼が厚かった。光源氏の元服に際しては加冠役を務め、東宮（後の朱雀帝）妃に望まれていた葵の上を、あえて源氏に嫁がせた。その結果、右大臣より優位に立ち、懐柔策として長男・頭中将を右大臣の四の君の婿とした。葵の上の死後、源氏から息子・夕霧の養育を託される。朱雀帝が即位して右大臣一派が力を持つと、左大臣を辞任し、政界から遠ざかるが、冷泉帝の即位後、摂政太政大臣として返り咲いた。

頭中将

光源氏の従兄弟で、友人かつライバル。父は左大臣、母は桐壺帝の妹・大宮。光源氏の正妻・葵の上は姉（もしくは妹）。右大臣の娘・四の君と結婚するが、夫婦仲は疎遠だった。源氏らとの「雨夜の品定め」では、側室・常夏の女（夕顔）と彼女との間にできた娘（玉鬘）が行方不明になっていると語る。源氏とは、末摘花や源典侍をめぐってさや当てを演じる一方、源氏が須磨に下った際には、弘徽殿大后の目を恐れず、会いに出向いた。長女（弘徽殿女御）を冷泉帝に入内させ、内大臣を経て、太政大臣まで出世した。次女・雲居雁を東宮（後の今上帝）に入内させようとするが果たせず、雲居雁は源氏の息子・夕霧と結婚。息子の柏木には、源氏の妻・女三の宮との密通が原因で、先立たれた。

朱雀帝

桐壺帝の第1皇子で光源氏の異母兄。母は右大臣の娘・弘徽殿女御。桐壺帝の退位に伴い即位する。朧月夜を寵愛するが、彼女は光源氏と恋仲となり、一時、伊勢に下る斎宮（六条御息所の娘）にも心を寄せるが、結ばれなかった。桐壺院の遺言を守れず、源氏を須磨へ追いやったことで、夢の中に故桐壺院が現れ、以来目を患う。冷泉帝に譲位し、承香

図13　柏木との不義の子を出産した女三の宮（左端）を見舞う父・朱雀院（中央）（第36帖「柏木」）

殿女御との間の皇子が東宮（後の今上帝）と
なって、源氏の娘・明石の姫君と結婚する。そ
の後出家を遂げるが、娘のうち、女三の宮は
光源氏の妻となるも出家し、落葉の宮は夫・柏
木に先立たれ、そんな娘たちの不遇を嘆いた。

冷泉帝

　桐壺帝の皇子。母は藤壺だが、本当の父
親は光源氏という不義の子。顔立ちは源氏に
そっくりで、出生の秘密を知らぬ桐壺帝にも
溺愛された。源氏の養女で入内した六条御
息所の娘・梅壺女御（後の秋好中宮）と、先
に入内していた頭中将の娘・弘徽殿女御が立
后をめぐって、絵合を行い、源氏の作品が
評価されて梅壺女御側が勝利する。母・藤壺
の死去後、実父が源氏であることを知り動揺、
源氏に帝位を譲ろうとするが拒否され、以後
源氏の政界での地位向上を後押しする。退
位後、源氏が死去すると、秋好中宮と共に源
氏の子・薫（実父は柏木）を我が子のように
可愛がった。

今上帝

　父は朱雀帝、母は承香殿女御。3歳で立太
子、13歳で元服し、光源氏の娘・明石の姫君
と結婚。源氏との関係は良好で、朱雀院から
の要請を受け、異母妹の女三の宮を源氏
に嫁がせた。頭中将の息子・柏木とも親しく、
柏木が女三の宮の飼っている猫を欲しがった
時には、仲介役となっている。寵愛する明石
の姫君（中宮）との間には多くの子女が生まれ、
即位後、第1皇子を東宮（皇太子）とし、第3
皇子の匂宮も可愛がった。また、藤壺女御
（麗景殿女御）との間に出来た女二の宮を源
氏の子・薫に嫁がせた。

夕霧

　光源氏と葵の上の間の子。葵の上が夕霧
出産後、急死したので、祖母・大宮によって
三条邸で育てられる。同じく大宮に育てられ
た従姉の雲居雁（頭中将の娘）と結婚、また、
五節の舞姫・藤典侍（源氏の家来・惟光の
娘）を側室とし、2人との間に多くの子をもうけ

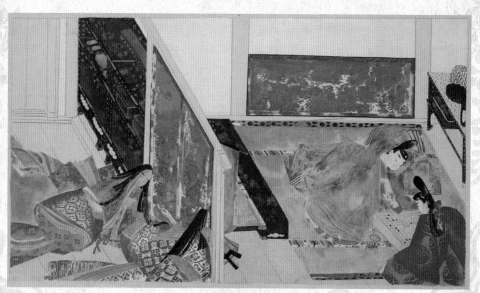

図14　囲碁の対局をする今上帝（手前）と薫（第49帖「宿木」）

た。友人である柏木の死後、彼の未亡人・落葉の宮に心を奪われる。2人は結ばれるが、それを知った雲居雁は、怒って子供を連れ、実家に帰ってしまう。源氏の死後、夕霧は右大臣となり、長女（藤典侍との娘・大君）を今上帝の皇太子妃に、次女（雲居雁との娘・中の君）を二の宮妃にし、六の君（藤典侍との娘）を匂宮に嫁がせた。

鬚黒（ひげくろ）

玉蔓を射止めた果報者。朱雀帝の后・承香殿女御の兄。妻子持ちであったが、玉蔓に夢中になり、彼女の女房・弁のおもとの手引きにより、尚侍として冷泉帝に出仕することが決まっていた玉蔓を手に入れる。嫉妬から精神を病んだ北の方（正妻／兵部卿宮の娘）は、鬚黒に火取りの灰を浴びせかけ、娘の真木柱（まきばしら）を連れて実家に帰ってしまう。しかし、甥に当たる今上帝が即位すると、右大臣に昇進し、妻・玉蔓と共に権勢を誇る家を築く。光源氏と相前後して死去。

蛍兵部卿宮（ほたるひょうぶきょうのみや）（蛍宮）

桐壺帝の皇子で、光源氏の異母弟。絵画・香道・書道など芸術に造詣（ぞうけい）が深く、琵琶（びわ）の名手でもあった。源氏とは仲がよく、冷泉帝の御前で行われた絵合では判者を務めた。右大臣の三女を北の方としたが死別し、玉蔓に心惹かれるようになる。源氏の放った蛍の光で玉蔓を垣間見、さらに想いを募らせるが、鬚黒に玉蔓を奪われた。女三の宮の婿の候補にも上がったが、女三の宮は源氏に嫁ぐことになる。その後、鬚黒の娘・真木柱と結婚、姫君に恵まれた。

八の宮（はちのみや）

桐壺帝の第8皇子。母は女御（大臣の娘）。光源氏の異母弟で、弘徽殿大后に利用されて皇太子候補となったが、源氏の全盛期に没落した。北の方との間に2人の娘、大君と中の君があり、また、中将の君との間にも娘・浮舟（うきふね）をもうけていたが、認知はしていなかった。北の方が死に、自邸が焼亡すると、宇治の山荘に移り、宇治山の阿闍梨（あじゃり）に師事しながら、娘2人と暮らした。阿闍梨から八の宮のことを聞いた薫が、師と仰いで宇治へ通うようになる。死に際し、2人の娘に決して浮ついた心で結婚してはならないと遺言した。

柏木（かしわぎ）

頭中将の息子。母は右大臣の娘・四の君。朱雀帝の女二の宮（落葉の宮）と結婚するが、それ以前から光源氏の妻・女三の宮に思いを寄せていた。女三の宮の兄である東宮（後の今上帝）を通じ、彼女が可愛がっていた猫を手に入れ、彼女の身代わりに可愛がる。6年後、ようやく思いを遂げ、女三の宮は、柏木の子・薫を源氏の次男として産むことに。2人の関係に気付いた源氏は、六条院で行われた朱雀院の五十の賀で、柏木に圧力を掛ける。気に病んだ柏木は重病となり、妻・落葉の宮の面倒をみてくれるよう夕霧に頼んで、息を引き取った。

薫（かおる）

光源氏の次男。母は女三の宮だが、実の父は柏木。源氏の死後、女三の宮に頼られ、冷泉院や秋好中宮にも可愛がられた。生まれつき香しい香りを持ち、世間の信頼も厚く、婿に望む者は多かった。しかし、厭世観があり、宇治で仏道修行をする叔父の八の宮に憧れ、しばしば宇治を訪ねるようになる。そこで、八の宮の娘2人を垣間見、長女の大君に心奪われる。しかし、父の遺言に従う大君は、薫

図15　三条の隠家にいる浮舟（左下）を連れ出そうと訪れた薫（第50帖「東屋」）

の求婚に応じなかった。友人の匂宮に次女の中の君を紹介し、匂宮と中の君は結ばれるが、大君は心労がたたって病死。その後、今上帝の女二の宮と結婚するものの、中の君の異母妹で、大君によく似た浮舟に心奪われ、彼女をめぐって匂宮と恋のさや当てを展開する。

匂宮
<ruby>匂宮<rt>におうのみや</rt></ruby>

　今上帝の第3皇子。母は光源氏の娘・明石の中宮。幼い時、病身の紫の上から、彼女の愛した二条院の紅梅と桜を見守るよう、遺言される。様々な香を体にたきしめ、生まれつき芳香を放つ薫と共に、「匂う兵部卿、香る中将」と並び称された。内向的な薫に比べ、何事にも積極的な性格で、薫から聞いた宇治に住む八の宮の娘・中の君に興味を持ち、宇治に通って関係を持つと、彼女を二条院に迎えた。その後、夕霧の娘・六の君と結婚するが、二条院の中の君のところに身を寄せた彼女の異母妹・浮舟に心惹かれる。雪の夜に浮舟を小舟に乗せて連れ出すなどして思いを告げるが、薫からも言い寄られる浮舟を自殺未遂に追いやってしまう。

図16　中の君の前で琵琶を弾く匂宮（第49帖「宿木」）

源氏物語を彩る女性たち

桐壺更衣

　光源氏の母。父親は按察使大納言。父を早くに亡くすが、母親の尽力で桐壺帝に入内。後ろ立てが無いため、清涼殿から最も遠い淑景舎（桐壺）を与えられたことから、桐壺更衣と呼ばれた。高くない身分にも関わらず、帝の寵愛を一身に受け、源氏を産むが、他の女御らから妬まれ、嫌がらせを受けた。その心労から発病し、源氏が3歳の時、死去した。

藤壺

　先帝の娘（第4皇女）で、桐壺帝の新しい妃。光源氏にとって、義母であり初恋の女性。桐壺帝は亡き桐壺更衣によく似た美貌の藤壺を所望し、14歳で入内させる。飛香舎（藤壺）を与えられたことから、藤壺の宮と呼ばれる。その美しさから「輝く日の宮」とも称された。里下りした際に源氏と関係を持ち、不義の子（後の冷泉帝）を産む。その後、中宮に立后するが、源氏との関係に悩んで出家。37歳で病を得て死去した。

六条御息所

　光源氏の早い時期の恋人だが、馴れ初めについては不明。六条京極に住まいがあったことからこの名がついた。亡き東宮（桐壺帝の兄弟）の后で、一人娘を育てる母であった（「御息所」とは、皇子・皇女を産んだ女御・更衣のこと）。7歳年上で気位の高い彼女を、源氏はやがて持て余すようになる。賀茂祭（葵祭）で葵の上（源氏の正室）一行との車争いが起こった後、生霊となって妊娠中の葵の上を悩ませた（夕顔の変死も彼女の生霊のせいとも）。その後、源氏への思いを断ち切るため、斎宮となった娘と共に伊勢に下る。帰京後出家し、娘の将来を源氏に託して死去。しかし、死霊となって紫の上や女三宮などに取り憑いた。

葵の上

　光源氏の最初の正室。父は左大臣、母は桐壺帝の妹・大宮。東宮（後の朱雀帝）の后候補だったが、元服した12歳の源氏の妻となる。源氏より4歳年上で、密かに藤壺を慕う源氏とは、よそよそしい関係だった。10年後にようやく懐妊するが、賀茂祭（葵祭）での車争いで、六条御息所に恥をかかせたことから、物の怪（六条御息所の生霊）に悩まされるようになる。難産の末、夕霧を出産。しかし、数ヵ月後あっけなく病没した。

空蝉

　上流貴族の娘として育つが、父親に早く死なれ、後ろ盾がなくなったため、図らずも伊予介という老受領の後妻となる。「雨夜の品定め」で中流階級の女性に興味を持った光源氏が、方違えで伊予介邸を訪れた際、源氏と関係を持ってしまう。美人ではないものの、控えめで慎み深い空蝉に、源氏はその後も執心するが、彼女は自分の身分を考えて拒み続けた。12年後、夫の赴任地・常陸国から帰京の際、逢坂の関で偶然源氏と再会する。しかし、関係は進展しなかった。夫の死後、義理の息子に懸想されたため、出家する。

軒端荻

　空蝉の義理の娘（伊予介と先妻との子）。もっとも、年齢は空蝉と変わらず、2人で碁を

打っているところを光源氏が垣間見る。ぽっちゃり形の美人で、空蝉目当てに部屋に忍び込んできた源氏と関係を持つ（空蝉は源氏に気付いて逃げ去っていた）。軒端荻の名は、源氏が送った歌「ほのかにも 軒端の荻を 結ばずは 露のかごとに 何にかけまし」に由来する。その後、自分のほうから源氏に求愛するが、源氏は、さして抵抗もなく自分を受け入れた彼女に興ざめして受け付けない。その後、蔵人少将と結婚するが、源氏との和歌のやり取りは続いた。

夕顔

光源氏が見舞った叔母（従者・惟光の母）の隣家に住んでいた女性。源氏が庭に咲いている夕顔の花を手折らせようとするのを見て、花を乗せるための扇を届け、それがきっかけで源氏と深い仲になる。実は、彼女は源氏の友人・頭中将の側室で、1女（玉鬘）をもうけるが、本妻の嫉妬を恐れて身を隠していたのだった（「雨夜の品定め」で「常夏の女」として取り上げられていた）。源氏と「なにがしの院」で逢瀬を持った後、物の怪が現れ急死する。

紫の上

十歳の時、北山の寺で祖母の尼君に育てられていたところ、療養に訪れた光源氏に見初められる。それは彼女が藤壺に似ていたからだが、それもそのはず、彼女の父親は藤壺の兄・兵部卿宮で、母親に早く死なれたため、祖母の尼君に預けられていたのだった。その後、源氏に引き取られて二条院で成長し、やがて源氏の妻となる。しかし、2人の間に子どもはできず、源氏と明石の君の娘（明石の姫君）を養女とし、その娘が今上帝の女御となって1男1女をもうけると、この2児も養育した。六条院の春の町に移ってからは、源氏の正室として力を発揮するが、朱雀院の女三の宮が源氏に降嫁するとショックを受け、37歳の厄年に重病に罹り、出家を望みつつ数年後に亡くなった。

末摘花

常陸宮という皇族の一人娘だったが、父親に早くに死なれ、経済的に困窮、あばら家のような屋敷で老女房らと暮らしていた。源氏の交際相手としては異色な容貌の持ち主で、

図17　病に悩み出家を願う紫の上（右上）と光源氏（第40帖「御法」）

胴長で顔は青白く、鼻は大きくて先が垂れさがり、普賢菩薩が乗る象のようであった（光源氏は彼女の似顔絵を描いて、紫の上に見せている）。琴が上手く、その音色が源氏の心を引き付けた。源氏が京から退去している間にさらに困窮を極めるが、帰京後の源氏と再会したことで、二条東院に引き取られ、妻の1人として平安な晩年を送った。

源典侍 (げんのないしのすけ)

内侍司（天皇との取次ぎや女官の監督などを行う役所）の次官（典侍）で、57、8歳の色好みの女性。人柄はよく教養・才能があり、桐壺帝の信頼も厚いが、思わせぶりな態度で光源氏や頭中将の気を引き、彼らを翻弄する。源氏と彼女が共に過ごした夜、太刀を抜いた頭中将が現場に踏み込んできたこともあった。若い頃は美しく上品であったとされ、琵琶の名手でもある。紫式部の義理の姉（夫・藤原宣孝 (のぶたか) の兄嫁）で、実際に典侍を務めた源明子 (めいし) がモデルとも。

朧月夜 (おぼろづきよ)

右大臣の六の君（6番目の娘）で、弘徽殿 (こきでん) 女御の妹。高貴な生まれにもかかわらず、奔 (ほん) 放 (ぼう) なところもあった。光源氏の異母兄である東宮（後の朱雀帝）に入内する予定であったが、宮中で花宴 (はなのえん) のあった日の夜、源氏と出会い一夜を共にする。その後、尚侍（内侍司の長官）となって、朱雀帝の寵愛を受けるが、源氏との関係も続いた。そのことが、右大臣や弘徽殿女御（大后）に知れ、源氏が須磨へ退去する一因となる。朧月夜の名は、源氏と出会った夜、彼女が口ずさんだ大江千里の和歌「照りもせず 曇りもはてぬ 春の夜の 朧月夜 (おおえのちさと) に しく（似る）ものぞなき」にちなむ。

花散里 (はなちるさと)

桐壺院の后の1人である麗景殿 (れいけいでん) 女御の妹。光源氏の若い頃からの恋人で、馴れ初めは不明。院の死後、源氏の庇護 (ひご) で姉と共にひっそりと暮らしていたが、久しぶりに訪れた源氏としみじみと話をし、源氏は温和で慎ましい彼女に心癒される。その後、二条東院の西の対に迎えられ、六条院造営後は「夏の町」の主となった。夕霧と玉蔓の母代わりも務めた。花散里の名は、源氏の詠んだ歌「橘の 香をなつかしみ ほととぎす 花散る里 たづねてぞ訪 (と) う」にちなむ。

明石の君 (あかしのきみ)

明石の入道 (にゅうどう) の娘で、須磨を経て明石に流れ着いた光源氏と、父親の手引きで結ばれる。源氏が帰京した後、源氏の一人娘・明石の姫君を出産。その後、京へ上るが、田舎者の身の程を恥じて、源氏の二条院には入らず、父が用意した大堰 (おおい) の山荘に住んだ。やがて、明石の姫君は紫の上の養女として、源氏に引き取られてしまう。しかし、六条院が完成すると、「冬の町」の主に迎えられ、明石の姫君を中宮とすることで、源氏の栄華を引き継いでゆく。

朝顔の姫君 (あさがおのひめぎみ)

故桐壺院の弟・桃園式部卿 (ももぞの) の娘で、賀茂斎院 (さいしょくけんじ) も務めた才色兼備の女性。早くから光源氏に好意を寄せられるが、応じることはなかった。父の死後、桃園宮に移ると、源氏の求愛が再び強まったが、彼女はかたくなに拒否。源氏を袖 (そで) にした唯一の女性である。源氏の攻勢が世間に知れて、葵の上の耳にも入り、源氏がこれまでの恋愛を紫の上に吐露して謝る事態となった。朝顔の姫君の名は、源氏が彼女に送った歌「見しをりの 露わすられぬ 朝顔の 花のさかりは 過ぎやしぬらん」にちなむ。

明石の姫君

　光源氏と明石の君の間に生まれた一人娘。母の出自が低かったため、源氏に引き取られ、紫の上の養女として、二条院で育てられ、のちに六条院「春の町」に移った。源氏の権勢のもと、裳着が済むと、東宮（後の今上帝）に入内する。4男1女に恵まれ、第1皇子が東宮となるに及んで、中宮に立后された（明石の中宮）。第3皇子は、宇治十帖の主役の1人、匂宮である。

雲居雁

　頭中将の三女。母親が早くに離縁されたため、祖母の大宮（桐壺院の妹）に育てられた。同じく大宮に育てられた、光源氏の息子で従兄弟の夕霧と愛し合うようになる。彼女の東宮入内を望む父・内大臣（頭中将）は彼女を自邸に引き取って、2人の仲を引き裂こうとするが、彼女の夕霧への想いは変わらなかった。その後、父に夕霧との結婚を許され、夕霧との間に多くの子をもうけた。しかし、夕霧が柏木の未亡人・落葉の宮を慕うようになると、手紙を隠すなど嫉妬心をたぎらせ、挙句、幼い子供たちを連れて実家に帰ってしまう。

藤典侍

　光源氏の乳兄弟で腹心の家来・（藤原）惟光の娘。源氏の推薦で五節の舞姫（新嘗祭において、帝の前で舞を舞う美少女たち）となり、源氏の息子・夕霧に見初められて、文通を始める。五節の舞姫を務めたことで、宮中へ上がって典侍となり、藤典侍と呼ばれた。その後、夕霧の側室となり、正妻・雲居雁と同様、たくさんの子供を産んだ。このうち、三の君と次男は花散里に、六の君は落葉の宮に引き取られ、育てられた。夕霧と落葉の宮の関係を知り、怒って実家へ帰った雲居雁に消息文（手紙）を送り、夕霧との仲を取り成している。

秋好中宮

　六条御息所と前東宮（桐壺帝の弟）の娘。光源氏の従妹に当たる。桐壺帝から朱雀帝への譲位に伴い、（12歳頃）伊勢の斎宮に選ばれる。源氏と恋愛関係にあった母の六条御息所も伊勢へ同行した。10年後、朱雀帝が

図18　夕霧にきた文を奪おうとする雲居雁（第39帖「夕霧」）

135

冷泉帝に譲位すると、斎宮の任を終え、母親と共に帰京したが、母はすでに病に冒され、源氏に娘のことを頼んで、息を引き取った。その後、源氏の後見により、冷泉帝に入内した。秋好中宮の名は、「春と秋のどちらがお好きか」という源氏の問いに、「母・御息所の亡くなった秋に惹かれる」と答えたことにちなむ。源氏は彼女の里下り用（里邸）に、六条院の「秋の町」を用意した。そこは、六条御息所の邸跡でもあった。

玉蔓

　頭中将と側室・夕顔の間に生まれた娘。夕顔の死後、乳母一家に伴われて筑紫国に下向する。20歳の頃、美しく成長した彼女に言い寄る土着の豪族らを避けるように帰京するが、頼るあてもなく、長谷寺へ詣でた際、もと夕顔の侍女で今は光源氏に仕える右近と再会し、それがきっかけで、源氏に引き取られる。源氏は恋人であった夕顔の娘である彼女を、六条院の夏の町に住まわせて大切に扱い、やがて思いを寄せるようになる。彼女には、蛍兵部卿宮や柏木ら多くの公達から懸想文が届くが、彼女を射止めたのは、意外にも妻子持ちの鬚黒だった。鬚黒との間に1男2女をもうけ、鬚黒の死後、長女（大君）を冷泉院に嫁がせた。

真木柱

　鬚黒と先妻・北の方との間の長女。鬚黒が玉蔓を妻に迎えることになり、怒った北の方は子どもたちを連れて実家に戻ろうとする。父を慕う彼女は、父の帰りを待つと言うが許されず、柱に別れの歌を書き残して、無理やり連れて行かれたのだった。真木柱の名は、彼女が詠んだ歌「今はとて 宿離（か）れぬとも 慣れ来つる 真木の柱は われを忘るな」にちなむ。

その後、柏木との縁組も持ち上がったが、蛍兵部卿宮（光源氏の異母弟）の後妻となった。1女をもうけるが、夫婦仲は芳しくなく、宮の死後は、柏木の同母弟・按察大納言（紅梅）と再婚した。大納言との間にも1男をもうけた。

女三の宮

　朱雀院の第3皇女。母は藤壺女御（藤壺中宮の異母妹）。出家する朱雀院が、後見人がいないのを憐れんで、光源氏との婚姻を決意。源氏の正妻として、六条院の「春の町」に入った。しかし、藤壺の姪ではあるが、過保護に育てられた幼さが、源氏を失望させる。一方、自分に思いを寄せる柏木に言い寄られ、不義の子・薫を産む。自分の犯した過ちの大きさに思い悩んだ末、朱雀院に願い出て、出家を果たす。そんな彼女を源氏はいとおしく思うようになるが、後の祭りであった。源氏の死後、六条院を出て朱雀院に譲られた三条宮に移り、成長した薫を頼りに余生を送った。

落葉の宮

　朱雀院の第2皇女。母は一条御息所（更衣）。女三の宮は異母妹。女三の宮を得られず苦悩する柏木を憐れんだ致仕の大臣（頭中将／柏木の父）が、朱雀院に嘆願したことにより、柏木の正妻となる。しかし、女三の宮を忘れられない柏木に冷たく扱われる（落葉の宮の名は、柏木が彼女のことを女三の宮に比べると、落葉のようにつまらない人だと詠んだ歌にちなむ）。柏木が女三の宮と間違いを起こし、光源氏に睨まれた末に早世すると、柏木が後事を託した夕霧から慕われるようになり、母と共に隠棲していた小野の山荘に訪ねてきた夕霧と結ばれる。それを知った夕霧の正妻・雲居雁は子どもを連れて実家へ帰り、落葉の宮は夕霧と再婚した。

大君

八の宮（光源氏の異母弟）と北の方の間の長女。母の死後、父と妹・中の君と共に宇治の山荘でひっそりと暮らしていた。そこで八の宮を仏道の師と仰いで通い詰める薫に垣間見られ、慕われるようになる。八の宮の死後、薫から求婚されるが、生涯独身を通すようにという父の遺言に従いそれを拒否、薫の目を妹・中の君に向くよう仕向ける。薫は薫で匂宮に中の君との結婚を勧め、2人は結ばれる。ところが、匂宮の、中の君への足が遠のいたため、裏切られた思いの大君は、悲嘆にくれて病を発症、薫の看病もむなしく世を去った。

中の君

八の宮と北の方の間の次女。母は彼女の出産後に死去。2歳上の姉・大君と共に宇治の山荘で育てられる。父の死後、大君は自分を慕う薫と中の君を結婚させようとするが、あくまで大君に執心する薫の手引きで匂宮と結ばれた。大君が心労から死去し悲嘆にくれる中、匂宮の母・明石の中宮の許可が出たことで、二条院に迎えられる。その後、彼女に同情した薫から求愛されると、それを拒絶するため、異母妹の浮舟の存在を薫に告げた。匂宮に夕霧の娘・六の君との縁談が持ち上がった時にはショックを受けるが、長男を出産したことにより、地位は安泰となった。

浮舟

八の宮の三女で、母は八の宮に仕えていた女房・中将の君。八の宮には娘と認知されず、母の結婚相手、常陸介に従い母と共に東国へ下り、受領階級の娘として育った。20歳の頃、中流貴族の左近少将との縁談が持ち上がるが、継子ゆえに不調に終わったため、母と共に帰京し、匂宮の妻となっていた異母姉・中の君に預けられる。その後、彼女に亡き大君の面影を見た薫に求婚され、宇治の邸に囲われるが、彼女を慕って忍んできた匂宮とも関係を持ってしまう。薫と匂宮の板挟みに苦しみ、ついには入水するも、横川僧都に助けられて出家、小野の里（八瀬）に隠棲する。やがて薫に消息をつかまれ、自らのもとに戻るよう告げられるが、彼女はそれを拒み続けた。

図19　中の君の部屋で物語を楽しむ浮舟（左上／第50帖「東屋」）

藤原北家関係図

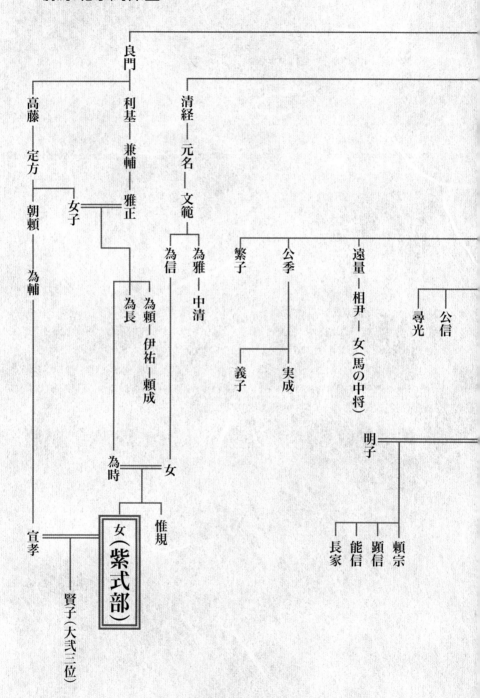

良門

高藤 ― 定方 ― 朝頼 ― 為輔

利基 ― 兼輔 ― 雅正

女子

清経 ― 元名 ― 文範

為信

為雅 ― 中清

為長

為頼 ― 伊祐 ― 頼成

為時

女

宣孝

女（紫式部）

惟規

賢子（大弐三位）

繁子

公季

義子

実成

遠量 ― 相尹 ― 女（馬の中将）

尋光

公信

明子

長家

能信

顕信

頼宗

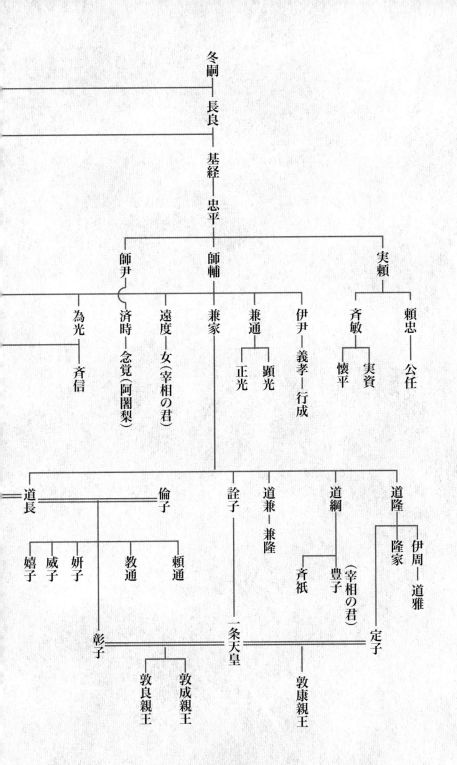

天皇家関係図

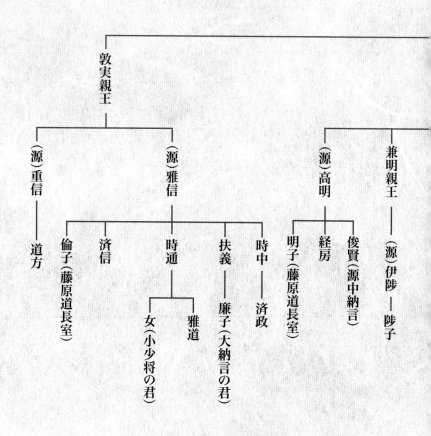

※数字は歴代数

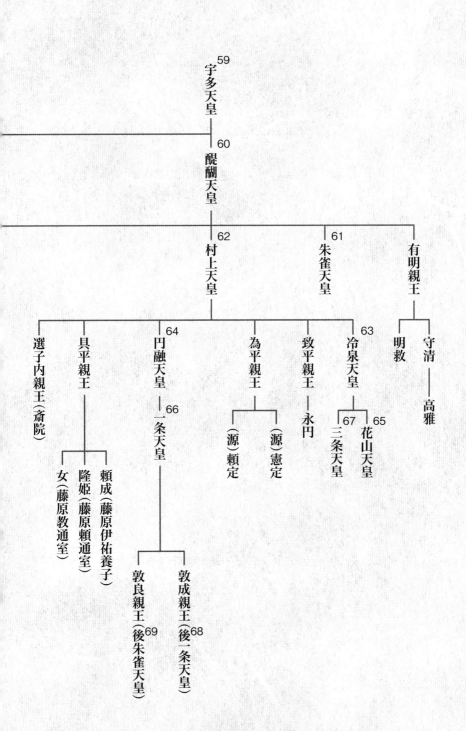

宇多天皇 59

醍醐天皇 60

有明親王　朱雀天皇 61　村上天皇 62

守清　明救

高雅

冷泉天皇 63　致平親王　為平親王　円融天皇 64　具平親王　選子内親王（斎院）

花山天皇 65　三条天皇 67　永円　（源）憲定　（源）頼定　一条天皇 66

女（藤原教通室）　隆姫（藤原頼通室）　頼成（藤原伊祐養子）

敦成親王（後一条天皇）68　敦良親王（後朱雀天皇）69

源氏物語系図1
〈第1帖「桐壺」〜第41帖「幻」〉

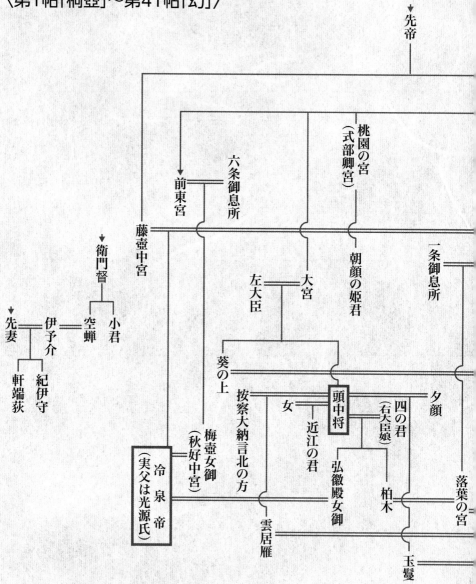

先帝

桃園の宮（式部卿宮）

前東宮

六条御息所

藤壺中宮

衛門督

空蝉

小君

伊予介

先妻

軒端荻

紀伊守

左大臣

大宮

朝顔の姫君

一条御息所

葵の上

按察大納言北の方

梅壺女御（秋好中宮）

冷泉帝（実父は光源氏）

女

近江の君

頭中将

四の君（右大臣娘）

弘徽殿女御

柏木

夕顔

落葉の宮

雲居雁

玉鬘

↓はすでに亡き人物

142

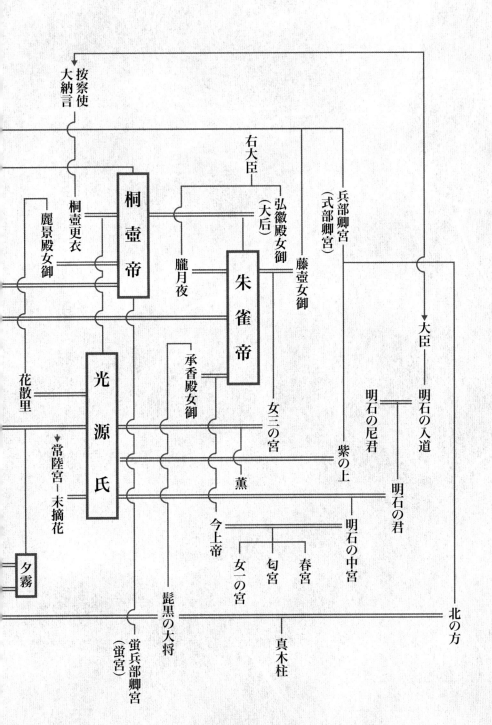

源氏物語系図2
〈第42帖「匂兵部卿」～第54帖「夢の浮橋」〉

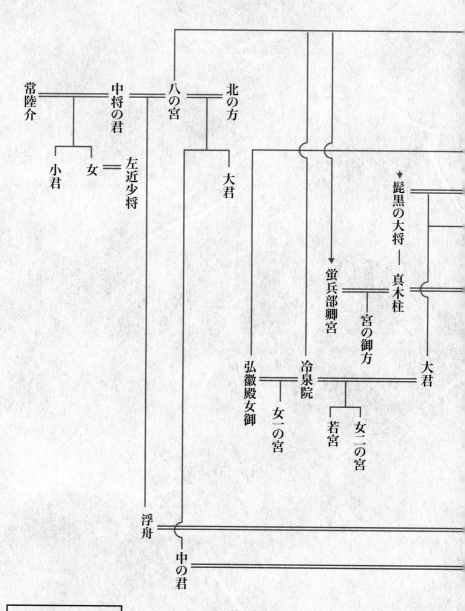

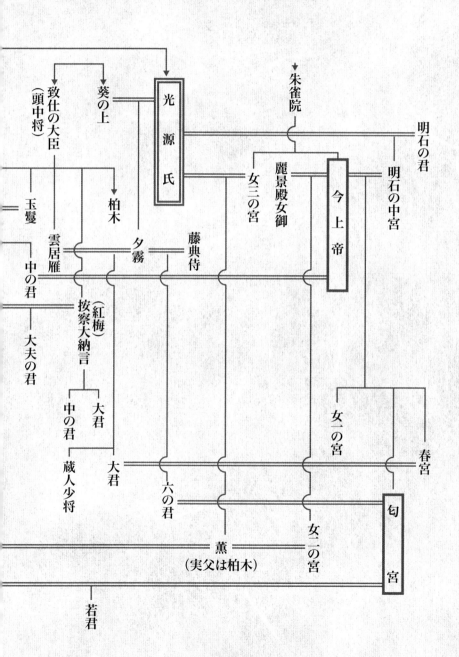

光源氏

葵の上

致仕の大臣 （頭中将）

朱雀院

明石の君

麗景殿女御

女三の宮

今上帝

明石の中宮

玉鬘

雲居雁

柏木

夕霧

藤典侍

中の君

（紅梅）按察大納言

大夫の君

大君

中の君蔵人少将

大君

女一の宮

春宮

六の君

薫 （実父は柏木）

女二の宮

匂宮

若君

平安時代年表

年号	西暦	天皇	出来事
延暦13	794	桓武	長岡京から山背国愛宕・葛野郡に遷都（10月22日）
〃	〃	〃	平安京と命名される（11月）
延暦15	796	〃	東寺・西寺創建
延暦17	798	〃	坂上田村麻呂が清水寺を創建
延暦20	801	〃	坂上田村麻呂、蝦夷を討伐、翌年胆沢城を築く
延暦21	802	〃	神泉苑で船を浮かべて雅宴が催される
延暦23	804	〃	空海・最長、遣唐使に従い入唐する
弘仁元	810	嵯峨	薬子の変（9月）
〃	〃	〃	賀茂の斎院が初めて置かれる
弘仁7	816	〃	大風で羅城門倒壊（8月）
弘仁13	822		源融生まれる（〜895）
弘仁14	823	〃	空海、東寺を賜る（1月）
天長2	825		在原業平生まれる（〜880）
天長3	826	淳和	渤海使、入京し鴻臚館に入る（5月）
承和9	842	仁明	承和の変（7月）
天安元	857	文徳	藤原良房、太政大臣となる（2月）
貞観8	866	清和	藤原良房、人臣初の摂政となる（10月）
〃			応天門焼失（応天門の変／10月）
貞観11	869		神泉苑に66本の鉾を立て、祇園社から神輿を送り、疫病の退散を祈願（祇園御霊会の始まり）
貞観18	876	陽成	正子内親王、嵯峨院を大覚寺と号す（2月）
仁和3	887	宇多	藤原基経、人臣初の関白となる（11月）
仁和4	888	〃	宇多天皇、仁和寺を創建（8月）
寛平6	894		菅原道真の意見により遣唐使廃止（9月）
昌泰4	901	醍醐	菅原道真、大宰府に左遷される（1月）
延喜5	905		勅撰和歌集『古今和歌集』完成（4月）
延長2	924		藤原忠平が法性寺を創建
承平5	935	朱雀	平将門の乱（2月）
天慶元	938		市聖・空也が庶民に布教
天慶2	939		藤原純友の乱（12月）
天徳4	960	村上	内裏、初めて焼亡（9月）
安和2	969	冷泉	安和の変（3月）
天禄元	970	円融	祇園御霊会が初めて官祭として行われる（6月）
天延元	973		このころ、紫式部誕生
天元2	979		内裏に盗賊が入る（5月）
天元3	980		大風により羅城門が倒壊し（7月）、以後再建されず
天元5	982		慶滋保胤、『池亭記』を著す（10月）

年号	西暦	天皇	出来事
永観元	983	円融	円融天皇、四円寺の一つ、円融寺を創建
寛和元	985	花山	斎王・済子内親王の野宮に盗賊が入り、侍女の衣装を盗む（9月）
寛和2	986		寛和の変（6月）
永延元	987	一条	藤原道長、源倫子と結婚、土御門殿、道長の所有となる
永祚元	989		暴風雨により、殿舎・民家が倒れ、鴨川が決壊（8月）
正暦元	990		西寺が焼亡（2月）
正暦2	991		旱魃により、神泉苑の池の水を田に流す（6月）
正暦5	994		疫病が流行し、多数の使者が出る（～正暦6年）
長徳元	995		内裏焼亡（6月）。彰子入内（11月）
長徳2	996		紫式部、父の赴任に伴い、越前へ下向、長徳4年に帰京
長徳4	998		一条天皇、四円寺の一つ、円教寺を創建
長保3	1001		清少納言、『枕草子』を著す
長保4	1002		藤原道長、枇杷殿の造営を開始（3月）
寛弘2	1005		東三条殿が完成（2月）、道長移る
	〃		紫式部、彰子のもとに出仕（12月）
寛弘5	1008		『紫式部日記』に『源氏物語』のことが初出（11月1日）
長和3	1014	三条	紫式部は、皇太后彰子の病気平癒のために清水寺に参詣する。本堂の局に籠り、伊勢大輔に会い歌を交わした。
	〃		このころ、紫式部没か
長和6	1016		藤原道長、摂政となる（1月）
寛仁元	1017	後一条	藤原頼通、摂政に（3月）、藤原道長、太政大臣になる（12月）
寛仁3	1019		刀伊（女真族）の入寇（3～4月）
治安2	1022		藤原道長、法成寺を創建
長元元	1028		平忠常の乱（～31）
永承6	1051	後冷泉	前九年の役（安倍頼時らの反乱～62）
永承7	1052		藤原頼通、宇治に平等院を創建
天喜3	1055		後朱雀天皇、四円寺の一つ、円乗寺創建
延久2	1070	後三条	後三条天皇、四円寺の一つ、円宗寺を創建
承保3	1076	白河	後三年の役（清原家衡らの反乱～87）
承暦元	1077		白河天皇、「六勝寺」の一つ、法勝寺を建立
応徳3	1086		白河天皇、鳥羽離宮の造営を開始する（10月）
		堀河	白河上皇、院政を開始する（11月）
保元元	1156	近衛	保元の乱（7月）
平治元	1159	二条	平治の乱（12月）
仁安2	1167	六条	平清盛、太政大臣となる（2月）
安元3	1177	高倉	安元の大火により、大内裏が壊滅的な被害を受ける（4月）
寿永2	1183	安徳	平氏、西国に逃れ、木曽義仲入京（7月）
文治元	1185	後鳥羽	平氏、壇ノ浦の戦いで源氏に敗れ、滅亡（3月）
建久3	1192		源頼朝、征夷大将軍に任じられる（7月）

紫式部年表

天皇	年号	西暦	年齢 (推定)	出来事
円融	天禄元	970		父・藤原為時（22歳?）と母・藤原為信の娘結婚
	天禄3	971		このころ、姉（長女）誕生
	天延元	973	1歳	このころ、紫式部誕生（970年、978年説も）
	天延2	974	2歳	弟・惟規（長男）誕生。このころ、母死亡
	天延3	975	3歳	異母妹（三女）誕生
	貞元元	976	4歳	異母弟・惟通誕生
	天元3	980	8歳	異母弟・定暹（三男）誕生 このころ、父・為時、惟規より漢籍の呑み込みの早い式部が男でないことを嘆く
花山	永観2	984	12歳	父・為時、式部丞に任じられ、蔵人に補せられる（10月）
一条	寛和2	986	14歳	父・為時、2月に式部大丞に任じられるも、10月退官
	正暦3	992	20歳	このころ、一時具平親王家に出仕したとも
	正暦5	994	21歳	このころ、恋愛（結婚）経験があったとも
	長徳元	995	23歳	秋ごろ、方違えのため、ある男（後の夫・宣孝とも）が式部の家に滞在する この年、姉夭折か（25歳）
	長徳2	996	24歳	父・為時、越後守に赴任（10月）、式部も同行
	長徳3	997	25歳	藤原宣孝、式部に求婚
	長徳4	998	26歳	春ごろ越前より帰京
	長保元	999	27歳	宣孝（47歳?）と結婚（1月）
	長保2	1000	28歳	この年、長女・賢子誕生
	長保3	1001	29歳	春ごろ、父・為時、越前より帰京 宣孝没（4月25日） このころから『源氏物語』の執筆開始か
	長保5	1003	31歳	このころ、父・為時、藤原道長から式部の出仕を懇望される
	寛弘2	1005	33歳	内裏焼亡（11月15日）、一条天皇、東三条殿に移る（11月27日）
				12月29日夜、中宮彰子のもとに出仕（寛弘3年、元年説も）
	寛弘3	1006	34後	出仕後も里居がちで、『源氏物語』の執筆に専念か
				一条天皇、東三条殿から一条院に移る（3月4日）
	寛弘4	1007	35歳	夏ごろより、中宮彰子に『白氏文集』の「楽譜」2巻を進講する
	寛弘5	1008	36歳	中宮彰子、土御門殿に退出（4月13日）、式部も同行
				4月23日、土御門殿法華三十講開始、5月22日結願
				中宮、内裏（一条院）へ還啓（6月24日）
				中宮、出産のため土御門殿へ退出（7月16日）
				道長、女郎花を式部に贈り、歌の贈答をする（7月半ば）
				宰相の君の美しい昼寝姿を見て、思わず声を掛ける（8月26日）
				倫子から菊のきせ綿を贈られる（9月9日）
				敦成親王（後の後一条天皇）誕生（9月11日）
				一条天皇、土御門殿へ行幸（10月16日）
				藤原実成と藤原済信、式部に格子の下半分を外せと催促（10月17日）
				御五十日の祝宴。藤原公任、式部に「若紫やさぶらふ」と戯れる（11月1日）

天皇	年号	西暦	年齢（推定）	出来事
一条	寛弘5	1008	36歳	『源氏物語』の冊子づくりをする（11月10日ごろ）
				中宮、若宮とともに内裏（一条院）へ還啓。式部、随行する際に馬の中将と同じ輿となり、嫌みを言われる（11月17日）
				賀茂の臨時祭（11月28日）
				里下り（12月中旬）
				内裏（一条院）の中宮のもとに帰参（12月29日）
				内裏で引剥ぎ事件発生（12月30日）
	寛弘6	1009	37歳	夏ごろ、道長と歌の贈答。夜、道長、式部の局の戸を叩く（寛弘5年の記事の竄入とも）
				中宮彰子、再度の懐妊で土御門殿に退出（6月19日）
				一条院焼亡（10月5日）、一条天皇、枇杷殿に移る（10月19日）
				敦良親王（後の後朱雀天皇）誕生（11月25日）
	寛弘7	1010	38歳	敦良親王、御五十日の祝宴（1月15日）
				夏ごろ、『紫式部日記』編集か
				一条天皇、枇杷殿から新造の一条院へ移る（11月28日）
	寛弘8	1011	39歳	父・為時、越後守に任ぜられる（2月1日）
三条				一条天皇譲位、三条天皇即位（6月13日）
				一条天皇崩御（6月22日）
				秋、弟・惟規、父の任地・越後に赴くが病没
	長和元	1012	40歳	中宮彰子、皇太后となり（2月14日）、式部、引き続き出仕する
				彰子、枇杷殿で一条院の追善八講を催す（5月）
	長和2	1013	41歳	この年、しばしば藤原実資の彰子への取次役をする
				この年、式部と親しかった小少将の君、死亡か
				9月ごろ、式部、宮仕えを退いたとも
				このころ、家集『紫式部集』編集か
				このころまでに、『源氏物語』全編完成か
	長和3	1014	42歳	彰子の病気平癒のため、清水寺に参詣する（1月下旬）
				紫式部死亡か（2月ごろ）
				父・為時、官を辞して帰京する（6月11日）
後一条	長和5	1016		三条天皇退位、後一条天皇即位（1月29日）
				父・為時、三井寺で出家（4月26日）
	寛仁元	1017		このころ、娘・賢子、彰子のもとに出仕か
	万寿2	1025		娘・賢子（藤原兼隆室）、敦良親王の第一皇子・親仁親王（後の後冷泉天皇）の乳母となる
	万寿3	1026		彰子落飾、上東門院と号す（1月）
	万寿4	1027		藤原道長没（62歳）
	長元2	1029		父・為時没か（81歳?）
後朱雀	長元9	1036		後一条天皇崩御、後朱雀天皇即位（4月17日）
	天喜2	1054		娘・賢子（高階成章室／再婚）、後冷泉天皇の即位とともに従三位となる（大弐三位）
	承保元	1074		上東門院（彰子）崩御（10月3日／87歳）
	永保2	1082		娘・賢子、このころ没か（83歳）

『源氏物語』年表

帖	巻名	天皇	光源氏年齢	主な出来事
1	桐壺	桐壺帝	1歳	光源氏誕生
			3歳	母・桐壺更衣病死
			7～11歳	高麗の相人の観相により、臣籍降下
			12歳	元服。葵の上と結婚。二条院造営
2	帚木		17歳	夏、頭中将らと「雨夜の品定め」。翌日、方違え先で空蝉と出会う
3	空蝉		〃	空蝉の寝室に忍び込むが、間違って軒端荻と契る
4	夕顔		〃	病気見舞いの折、夕顔と出会う。夜を共にした翌日、夕顔変死
5	若紫		18歳	北山で加持祈祷を受けた折、紫の上を垣間見る
			〃	里に下がった藤壺と逢瀬、藤壺懐妊
			〃	紫の上を二条院に引き取る
6	末摘花		〃	末摘花と出会い、契りを結ぶも、その容貌を見て唖然とする
7	紅葉賀		19歳	藤壺、男子（後の冷泉帝）出産。源氏、源典侍と戯れる
8	花宴		20歳	花の宴の夜、朧月夜と出会い、一夜を共にする
9	葵	朱雀帝	22歳	桐壺帝退位。六条御息所の娘、斎宮になる
			〃	斎院御禊の日、葵の上と六条御息所が車争い
			〃	葵の上、男子（夕霧）出産の後、急逝
			〃	紫の上と結婚
10	賢木		23歳	六条御息所、斎宮（娘）と伊勢に下る。桐壺院崩御
11	花散里		25歳	花散里の部屋を訪れ、しみじみ言葉を交わす
12	須磨		26歳	須磨に退去。頭中将、須磨に源氏を訪ねる
13	明石		27歳	須磨を去り明石に移る。そこで明石入道の娘・明石の君と出会う
			28歳	明石の君懐妊。源氏、宣旨により帰京
14	澪標	冷泉帝	29歳	朱雀帝退位。源氏、内大臣となる
			〃	明石の君、娘（明石の姫君）を出産
15	蓬生		〃	六条御息所、伊勢から帰京、娘を源氏に託して病死
16	関屋		〃	石山詣での折、常陸介の行列と出会い、空蝉と歌の贈答をする
17	絵合		31歳	故六条御息所の娘（前斎宮）、冷泉帝に入内（梅壺女御）。絵合で勝利
18	松風		〃	明石の君上洛、大堰の山荘に入る。二条東の院完成
19	薄雲		〃	明石の姫君、二条院に入る
			32歳	藤壺、37歳で崩御。冷泉帝、出生の秘密を知る
			〃	二条院に里帰りした梅壺女御に、慕情をほのめかす
20	朝顔		〃	桐壺院の姪・朝顔の姫君に思いを告げるが、つれなくされる
21	少女		33歳	太政大臣となる。夕霧元服、雲居雁との仲を裂かれる
			34歳	六条院が完成
22	玉鬘		35歳	夕顔の遺児・玉鬘（父は頭中将）、筑紫から上京。初瀬詣での途中、源氏に仕える右近に出会い、六条院に迎えられる
23	初音		36歳	元旦、六条院の女たちを訪問、明石の君のもとに泊まる
24	胡蝶		〃	玉鬘への求婚者多く、源氏も恋情を募らせる
25	蛍		〃	蛍兵部卿宮（蛍宮）、蛍の光で玉鬘を見る。源氏、玉鬘相手に物語論議を展開する
26	常夏		〃	落胤の近江の君を引き取った内大臣（頭中将）を皮肉る
27	篝火		〃	篝火の焚かれる中、玉鬘と歌を詠みあう

帖	巻名	天皇	光源氏年齢	主な出来事
28	野分	冷泉帝	36歳	野分の翌日、夕霧（15歳）は六条院で紫の上を垣間見て、心を奪われる
29	行幸		〃	冷泉帝、大原野へ行幸。
			37歳	玉鬘に宮仕えを勧める。内大臣、娘・玉鬘と対面する
30	藤袴		〃	夕霧、玉鬘に御簾の端から藤袴の花を差し入れる
31	真木柱		〃	鬚黒、玉鬘を手中にする。鬚黒の正妻、実家に帰り、娘・真木柱、歌を残す
32	梅枝		39歳	明石の姫君（11歳）、東宮への入内が決まり、裳着式が行われる
33	藤葉裏		〃	夕霧、雲居雁との結婚許される。源氏、准太上天皇となる。冷泉帝、六条院へ行幸
34	若菜上		〃	朱雀院出家。女三の宮、源氏に降嫁
			40歳	源氏、四十の賀
			41歳	明石女御、男子を出産。柏木、六条院で女三の宮を垣間見、心惹かれる
35	若菜下	今上帝	46歳	冷泉帝退位。源氏、住吉参詣
			47歳	紫の上、急病により二条院へ移る。物の怪に悩まされる
				柏木、女三の宮と密通、源氏に睨まれ病む
36	柏木		48歳	女三の宮、男子（薫）を出産したのち出家。柏木死去
37	横笛		49歳	夕霧、一条御息所を見舞い、柏木遺愛の横笛を受け取る
38	鈴虫		50歳	女三の宮の御殿の前庭に鈴虫を放ち、琴を奏でる
39	夕霧		〃	夕霧、落葉の宮と一夜を共にし、雲居雁は実家に帰る
40	御法		51歳	紫の上死去
41	幻		52歳	紫の上の一周忌を終え、出家の準備をする
	雲隠れ			（8年の空白—光源氏の出家と死を暗示）
42	匂宮		14歳（以下薫年齢）	匂宮（今上帝の第3皇子、母は明石女御）は二条院に住み、薫は母（女三の宮）の三条宮で成長
43	紅梅		—	匂宮、按察大納言（紅梅）に嫁いだ真木柱の連れ子・宮の御方に好意を抱く
44	竹河		15歳	玉鬘、長女・大君を冷泉院に出仕させ、周囲の批判を受ける
45	橋姫		22歳	薫、宇治に隠棲した八の宮をたびたび訪ね、娘たちを託される
46	椎本		23歳	八の宮死去。薫、宇治を訪ね、八の宮の長女・大君に恋情を訴える
47	総角		24歳	薫、匂宮を宇治に伴い、八の宮の次女・中の君の部屋に誘う。大君死去
48	早蕨		25歳	匂宮、傷心の中の君を二条院に引き取る
49	宿木		〃	匂宮、夕霧の六の君と結婚
			26歳	中の君、匂宮の男子出産。薫、女二の宮と結婚
50	東屋		〃	中の君の義妹・浮舟、二条院に預けられ、匂宮に言い寄られる。薫、浮舟を宇治に移す
51	浮舟		27歳	浮舟、匂宮と薫の狭間で苦悩、入水する
52	蜻蛉		〃	浮舟は入水自殺したものとして、屍の無いまま葬儀が行われる
53	手習		〃	横川の僧都、宇治で浮舟を発見、小野の庵に連れ帰る
			28歳	明石中宮、浮舟生存を薫に伝える
54	夢浮橋		〃	薫、浮舟の弟・小君を小野に遣わすが、浮舟は人違いとして面会を拒否する

『源氏物語』に出てくる草木の花
～紫式部はナチュラリストだった～

　『源氏物語』には多くの植物が登場し、その種類は110を超えるという。季節を表すだけでなく、女性の美しさやはかなさの例えとして、また、心理描写や情景描写の効果を上げるため、巧みに使われている。これらの植物は、当時の人々にとって、現代人よりははるかに身近な存在であったろうが、やはり紫式部の知識と感性の豊かさを認めないわけにはいかない。ここでは、美しい花を咲かせる植物を中心に、登場する「帖」を付して紹介する。

春

ヤエヤマブキ（第28帖「野分」ほか）

フジ（第8帖「花宴」ほか）

ノイバラ／そうび（第21帖「少女」）

センダン／あふち（第25帖「蛍」）

ヤマブキ（第24帖「胡蝶」ほか）※

ヤマザクラ（第5帖「若紫」ほか）

アヤメ／菖蒲（第25帖「蛍」ほか）※

ヤマナシ（第47帖「総角」）※

ノマタ／さきくさ(第23帖「初音」ほか)

キリ(第12帖「須磨」)※

ウツギ／卯の花(第21帖「少女」)※

ナツキ／岩躑躅(第21帖「少女」)

夏

ハス(第34帖「若菜上」ほか)

タチバナ(第11帖「花散里」)※

ホオズキ(第28帖「野分」)※

ハマオモト／浜木綿(第21帖「少女」)※

ユウガオ(第4帖「夕顔」ほか)

ツユクサ／つきくさ(第47帖「総角」)※

ムラサキ(第5帖「若紫」)

※は城南宮提供。 153

ベニバナ／末摘花（第6帖「末摘花」）※

ササユリ／さゆりは（第10帖「賢木」）※

アサガオ（第20帖「朝顔」）※

カワラナデシコ（第9帖「葵」ほか）

ノカンゾウ／忘れ草（第12帖「須磨」）

クチナシ（第10帖「賢木」ほか）

秋

ワレモコウ（第42帖「匂兵部卿」ほか）※

ススキ／薄（第33帖「藤裏葉」ほか）

フジバカマ（第30帖「藤袴」ほか）※

クズ（第35帖「若菜下」ほか）

キク（第2帖「帚木」ほか）※

ハギ（第37帖「横笛」ほか）

154　※は城南宮提供。

リンドウ／くたに（第21帖「少女」）

キキョウ（第53帖「手習」）

オミナエシ（第28帖「野分」ほか）

冬

コウバイ（第43帖「紅梅」ほか）

ヤブツバキ（第34帖「若菜上」）

ウメ（第32帖「梅枝」ほか）

源氏物語の植物が見られるスポット

京都府立植物園
39頁参照

平安神宮神苑
59頁参照

城南宮神苑
86頁参照

索引

主な参考文献

島内景二	『新訳 紫式部日記』	花鳥社、2022 年
中野幸一	『正訳 紫式部日記 本文対照』	勉誠出版、2018 年
角田文衞	『紫式部伝——その生涯と『源氏物語』』	法蔵館、2007 年
南波浩校注	『紫式部集』	岩波書店、1973 年
山本利達	『紫式部日記 紫式部集』	新潮社、1980 年
横井孝・福家俊幸・久下裕利	『紫式部日記・集の新世界』	武蔵野書院、2020 年
笹川博司	『紫式部集全訳』	風間書房、2014 年
小谷野純一訳・注	『紫式部日記』	笠間書院、2007 年
京都市埋蔵文化財研究所	『紫式部の生きた京都～つちの中から』	ユニプラン、2008 年
小迎裕美子	『人生はあはれなり…紫式部日記』	KADOKAWA、2015 年
山中裕	『藤原道長』	吉川弘文館、2008 年
円地文子	『源氏物語』	世界文化社、2005 年
高木和子	『源氏物語を読む』	岩波書店、2021 年
小町谷照彦編	『源氏物語を読むための基礎百科』	学燈社、2004 年
池田弥三郎・伊藤好英	『明解 源氏物語五十四帖』	淡交社、2008 年
佐藤晃子	『源氏物語解剖図鑑』	エクスナレッジ、2021 年
西沢正史編	『源氏物語作中人物事典』	東京堂出版、2007 年
小室博一編	『源氏物語を歩く』	JTB パブリッシング、2008 年
秋山虔・中田昭	『源氏物語を行く』	小学館、1998 年
京都新聞社編	『源氏物語を歩く』	光風社書店、1973 年
小松茂美編	『日本の絵巻1 源氏物語絵巻 寝覚物語絵巻』	中央公論社、1987 年
小松茂美編	『日本の絵巻9 紫式部日記絵詞』	中央公論社、1994 年
石井正己	『図説 源氏物語』	河出書房新社、2004 年
ながたみどり	『ちゅう源氏の源氏物語絵巻』	ユニプラン、2017 年
長谷川法世	『マンガ日本の古典 源氏物語 上中下』	中央公論社、1996 ～ 97 年
井上ミノル	『もしも紫式部が大企業の OL だったなら』	創元社、2012 年
京都市（林家辰三郎責任編集）	『京都の歴史1 平安の新京』	学藝書林、1970 年
佐和隆研・奈良本辰也・吉田光邦ほか編	『京都大事典』	淡交社、1984 年

使用絵図

図1～図6　『紫式部絵巻』国立国会図書館デジタルコレクション
　　　　　　https://dl.ndl.go.jp/pid/1125001
図7～図19　世尊寺伊房 詞書ほか『源氏物語絵巻』〔1〕〔2〕〔3〕，和田正尚模写，1911.
表紙　　　　国立国会図書館デジタルコレクション　　https://dl.ndl.go.jp/pid/2590780 ～ 82

あとがき

　紫式部という女流作家と、彼女がものした『源氏物語』という小説を、聞いたことが無いという日本人はまずいないだろう。なにせ、お札（2千円札）の絵柄にまで使われているのだから。しかし、紫式部がどんな人物で、どういう人生を送ったか、また、源氏物語のストーリー展開がどのようなもので、いかなる登場人物がいるのか、詳しく語れる人はそう多くはないのではないか。

　日頃、深く知りたいことがあっても、忙しい現代人にとって、日常生活の中ではなかなかその時間が持てないのが実情である。むしろ非日常の世界に身を置くことで、その機会を得ることが可能になる場合もある。たとえば、一番身近な非日常である「旅」がそうであろう。

　千年の都である京都は、歴史的遺産の宝庫である。京都を旅すれば、様々な歴史の舞台を見聞できる。しかし、広く総覧的な歴史観光もいいが、時には的を絞った京歩きも知識を深めるという点で、価値があるのではないか。

　本書は「紫式部と源氏物語」にフォーカスしたガイド本である。150を超える関連スポットを紹介しているので、実際に現地を訪ねてそれらの由来に触れ、併せて掲載の解説文「紫式部の生涯」「源氏物語54帖のあらすじ」「源氏物語に登場する男たち」「源氏物語を彩る女性たち」や、巻末の系図、年表を適宜参考にしてもらえれば、この分野のかなりの「通」になれるはずである。

　本書を手に京都を歩かれた読者の皆さんが、紫式部や源氏物語への関心をさらに深め、古今の関係書籍にも手を伸ばし、そしてまた京都を訪れてみようという気になられるなら、執筆者としてこれに勝る喜びはない。

　最後に、企画、地図・年表作成などでお世話になったユニプラン編集部の皆様、写真を提供いただいた関係施設の皆様、参考文献はじめ種々のアドバイスをいただいた戸崎莉玖様、戸崎晴子様に、紙面を借りて厚く御礼申し上げます。

2023年11月　　　　　晩秋の京都にて　　　　　鳥越一朗

秋に紫色の実を付けるムラサキシキブ（コムラサキ）

執筆者プロフィール

鳥越一朗（とりごえ・いちろう）

作家。京都府京都市生まれ。

京都府立嵯峨野高等学校を経て京都大学農学部卒業。

主に京都や歴史を題材にした小説、エッセイ、紀行などを手掛ける。

「徳川家康75年の運と決断」、「陰謀の鎌倉幕府」、「オキナワの苦難を知る 伝えていこう!平和」、「明智光秀劇場百一場」、「1964東京オリンピックを盛り上げた101人」、「おもしろ文明開化百一話」、「天下取りに絡んだ戦国の女」、「電車告知人」、「京都大正ロマン館」、「麗しの愛宕山鉄道鋼索線」、「平安京のメリークリスマス」など著書多数。

写　　真　鳥越一朗
写真協力　城南宮・(公社) びわこビジターズビューロー・その他

※各施設様には拝観等の情報をご提供いただきました。
　あらためてご協力に感謝申し上げます。

紫式部と源氏物語　京都平安地図本

定価　定価1320円（本体1200円＋税10%）

第2版第1刷

発行日　　　2024年6月1日

　文　　　　鳥越一朗

編　集　　　橋本豪　ユニプラン編集部

デザイン　　岩崎宏

発行人　　　橋本良郎

発行所／株式会社ユニプラン

　　　　　〒601-8213　京都市南区久世中久世町1丁目76番地

　　　　　TEL.075-934-0003　FAX.075-934-9990

振替口座／01030-3-23387

印刷所／株式会社プリントパック

ISBN978-4-89704-589-4　C2026